Oscar classici moderni

Luigi Pirandello

Sei personaggi in cerca d'autore

Enrico IV

OSCARMONDADORI

© 1984 Arnoldo Mondadori Editore S.p.A., Milano
per la raccolta di tutto il teatro in lingua italiana

I edizione B.M.M. maggio 1948
14 edizioni Oscar Mondadori
I edizione Oscar Teatro e Cinema febbraio 1984
I edizione Oscar classici moderni maggio 1990

ISBN 88-04-49254-6

Questo volume è stato stampato
presso Mondadori Printing S.p.A.
Stabilimento NSM - Cles (TN)
Stampato in Italia - Printed in Italy

Ristampe:

18   19   20   21   22   23

2005   2006   2007   2008

www.librimondadori.it

Luigi Pirandello

La vita

Luigi Pirandello nasce il 28 giugno 1867 in una villa di campagna
presso Girgenti (dal 1927 Agrigento) da Stefano Pirandello, ex ga-
ribaldino, dedito alla gestione delle zolfare, e da Caterina Ricci-
Gramitto, sorella di un compagno d'armi del padre. Un doppio segno politico-ideologico che influirà su Pirandello, destinato a ri-
sentire acutamente delle frustrazioni storiche di un personale lai-
co-progressista schiacciato dal trasformismo *gattopardesco* e dalla
sostanziale immobilità della Sicilia post-unitaria (il che spiegherà
anche l'adesione di Pirandello al fascismo, come sorta cioè di protesta polemica rispetto allo stato di cose presente). A 19 anni si
iscrive alla facoltà di Lettere, prima all'Università di Palermo, poi
a quella di Roma. I suoi interessi sono nettamente letterari, come
rivelano le poesie che va componendo. Ma oltre che versi scrive
anche testi teatrali (poi distrutti o perduti). Ancora oggi è diffuso
lo stereotipo di un Pirandello che scopre il teatro a cinquant'anni,
ma in verità i carteggi giovanili pubblicati in questi ultimi tempi
rivelano fuor d'ogni dubbio che il teatro fu un amore originario e
autentico, particolarmente intenso fra i venti e i trent'anni. Semmai sono le delusioni per la mancata messa in scena dei propri lavori che finiscono per allontanare Pirandello dal teatro, rinforzan-
do per reazione la sua vena poetica (e poi anche prosastica). Da
Roma Pirandello si trasferisce a Bonn, dove si laurea nel 1891 in
Filologia Romanza discutendo in tedesco una tesi sulla parlata di
Girgenti. Si stabilisce quindi definitivamente a Roma dove, man-
tenuto dagli assegni paterni, può soddisfare la propria vocazione
artistica. Luigi Capuana lo introduce negli ambienti letterari e
giornalistici romani, sollecitandolo altresì a cimentarsi nella narrativa. Pirandello inizia a collaborare a giornali e riviste; pubblica li-

bri di poesie e i suoi primi romanzi. Il 1903 è per lui un anno tragico: fallisce finanziariamente il padre e nella rovina è dissolta anche la dote della moglie, Antonietta Portulano, figlia di un socio in affari del padre. In questa occasione Antonietta patisce il primo trauma che la condurrà a poco a poco alla pazzia. È un nuovo Pirandello che emerge dalla disgrazia: con moglie e tre figli da mantenere, si ingegna ad arrotondare il magro stipendio di insegnante di lingua italiana all'Istituto Superiore di Magistero con lezioni private e con i quattro soldi per le sue collaborazioni giornalistiche. Il relativo successo de *Il fu Mattia Pascal* gli apre le porte di una casa editrice importante, quella dei fratelli Treves. Dal 1909 inizia a scrivere anche sul prestigioso «Corriere della Sera». Ma fama e ricchezza giungono soltanto con il teatro, cui torna a dedicarsi con continuità e con maggior fortuna a partire dal 1915-'16. Si ha anzi una vera *dilatazione* europea e mondiale di Pirandello. I *Sei personaggi in cerca d'autore* cadono clamorosamente alla prima romana del '21, ma si impongono a Parigi nella edizione dei Pitoëff nel '23. Come drammaturgo Pirandello segue da vicino il lavoro degli attori; i suoi drammi fanno tesoro dei suggerimenti e delle invenzioni sceniche dei professionisti del teatro, come dimostrano esemplarmente i *Sei personaggi*, riformulati nel 1925 in una nuova edizione ampiamente riveduta e corretta che tiene conto proprio di talune proposte dello spettacolo dei Pitoëff. Il coinvolgimento con la pratica materiale della messinscena è tale che Pirandello arriva a farsi animatore di un nuovo gruppo, il Teatro d'Arte di Roma, che fra il '25 e il '28 porta in giro per l'Italia e per il mondo testi pirandelliani ma anche testi non pirandelliani. Il Teatro d'Arte rivela una nuova attrice, Marta Abba, grande amore tardivo dello scrittore, ma soprattutto ha il merito di muoversi nella direzione di quel modo nuovo di fare teatro che è la regia, già affermatasi ormai da trenta-quarant'anni in Europa ma praticamente sconosciuta in Italia, cioè nella terra del *teatro dell'attore* (dai comici della Commedia dell'Arte al *grande attore* ottocentesco). Il Teatro d'Arte resta una tappa fondamentale del percorso anche creativo di Pirandello: la sua scrittura successiva è assai più sensibile nel cogliere il linguaggio del palcoscenico, la peculiarità del modo di esprimersi del teatro reale (non solo la parola ma anche i silenzi, il gioco delle luci, dei suoni, le geometrie dei movimenti degli attori, l'importanza fondamentale degli impianti scenografici, ecc.). Sin dal 1929 Accademico d'Italia, Pirandello

the poet laureate of '34
(Poet i 1341)
↑

riceve nel '34 il Premio Nobel per la letteratura, a consacrazione definitiva della sua risonanza ormai davvero mondiale. All'estero si hanno spesso le *prime* dei suoi nuovi lavori; e all'estero vive per lo più Pirandello a partire dal '28. Così scrive nel '31 da Parigi ai figli: «Spero di morire in piedi, per non andare a finire in un ospedale o di Francia o d'America. Ma non me ne curo. Penso per ora a lavorare, e lavorerò finché posso». E lavorerà veramente fino alla morte, avvenuta il 10 dicembre 1936 a Roma, tutto intento al terzo atto dell'incompiuto *Giganti della montagna*.

Le opere

what about Leopardi and Foscolo?

Dopo il giovanile apprendistato poetico (con influenze di Carducci, Graf, ma anche di Rapisardi, Stecchetti) è la narrativa ad occupare a lungo l'attenzione pirandelliana, raccolta nelle numerose *Novelle per un anno* (in verità meno delle previste 365) e nei sette romanzi. Due fondamentalmente i centri di osservazione: la Sicilia e il mondo piccolo-borghese ministeriale (che rispecchiano ovviamente i due dati biografici più importanti dell'autore). L'universo siciliano è colto con lo sguardo della tradizione verista, con una impassibilità fredda e tuttavia in qualche modo partecipe: contadini miserabili e rassegnati, padroni dispotici e paternalistici, politici sordidi e corrotti. Gli esiti più alti sono però là dove Pirandello innova rispetto alla tradizione veristica e riesce ad esprimere i simboli poetici di un cosmo immobile e impenetrabile, in qualche modo magico (la terra, il fuoco, l'acqua, la luna). Nel romanzo *I vecchi e i giovani* (1906-1908) Pirandello tenta invece una interpretazione storica più tradizionalmente affidata agli strumenti dell'analisi razionale. L'evento dei Fasci Siciliani è l'occasione per il bilancio di un duplice scacco, quello del Risorgimento e quello del Socialismo. I «vecchi» garibaldini hanno unito l'isola al resto d'Italia ma non hanno saputo impedirne la decadenza o la degradazione; i «giovani» socialisti hanno saputo animare le masse contadine, ma soltanto per spingerle al macello, in uno scontro tutto perdente con lo Stato. Alla fin fine riemerge lo stesso linguaggio irrazionale e mitico di certe novelle. Il circolo è la figura costitutiva del romanzo; il ritmo circolare dell'eterno ritorno svela implacabilmente come la Storia sia solo ripetizione dell'identico.

Nella sezione narrativa legata all'esperienza romana di Pirandello si impongono invece figure sociologiche come quella del professore di scuola media o dell'impiegato ministeriale. Creature umiliate e dolenti, colte in tutto il loro impietoso catalogo di ossessioni e di desideri (un lavoro che è *routine*, malpagato e senza prospettive di carriera; il matrimonio come *nido*, con la moglie quale angelo del focolare, peraltro continuamente rimandato in là nel tempo per mancanza di denaro; l'adulterio come maledizione che pesa tanto più quanto più è capitale per il piccolo borghese il senso ombroso dell'onore, della rispettabilità). Un'atmosfera di soffocazione e di stagnazione campeggia su tutte queste novelle. Il grigio eroe di questi racconti non tenta nemmeno di sottrarsi al proprio destino di sconfitta. Semmai è sulla misura più ampia del romanzo che questo avviene. Il protagonista de *Il fu Mattia Pascal* (1903) è un altro piccolo borghese che sperimenta – attraverso una fortunosa e inaspettata ricchezza e una ancor più fortunosa *rinascita* – l'impossibilità di uscire dalla propria classe sociale, dai propri valori, dai propri pregiudizi e dalle proprie paure.

Con il teatro Pirandello apre infine lo scandaglio a realtà inedite. Il teatro è per definizione – nella tradizione del teatro europeo ottocentesco – lo spazio dell'alta borghesia. Anche quando Pirandello ricicla in forma drammaturgica trame precedentemente utilizzate nella narrativa, l'ambiente sociale tende a modificarsi, a nobilitarsi. Ciò che è messo a fuoco – nella ricca produzione del primo decennio: da *Così è (se vi pare)* al *Piacere dell'onestà*, dal *Giuoco delle parti* all'*Enrico IV* – è proprio il salotto borghese, colto nelle sue frantumazioni, nelle sue lacerazioni. Si evidenzia il conflitto fra un *coro*, un corpo sociale, e un *individuo isolato*, che fa parte, sì, di quel mondo, ma da cui se ne stacca, per una scelta autoemarginante. Il teatro pirandelliano come riflesso di una condizione borghese, ma vissuta con senso di colpa. Poi, a partire dal '21, dai *Sei personaggi*, il discorso si complica. Pirandello affronta i nodi novecenteschi del fare teatro, tanto più urgenti per chi, come lui, aveva a lungo teorizzato una sorta di inferiorità della scena, della *scrittura scenica*, rispetto alla *scrittura drammaturgica* (i teatranti come servitori impotenti e infedeli del testo, che è poi la lezione profonda dei *Sei personaggi*). Dal '21 sino alla morte Pirandello riflette instancabilmente sui problemi che travagliano i grandi inventori teatrali del Novecento: il rapporto fra testo e attori, fra attori e pubblico, fra attori e regista (da *Ciascuno a suo modo* del '23 a *Questa sera si recita a soggetto* del 1928-'29 per finire con l'incompiuto *Giganti della montagna*). Dal '25 in poi l'incontro con la Abba – amata e musa ispiratrice – determina anche un nuovo filone drammaturgico, teso a ridisegnare continuamente un'immagine mitizzata di figura femminile che soddisfa a oscuri fantasmi che non sono soltanto di Pirandello ma di tutto il mondo maschile del suo tempo: una creatura innamorata, generosa, tutta tesa in una dedizione totale al proprio uomo che arriva al masochismo e all'annientamento di sé.

La fortuna

A lungo ignorato dalla critica, Pirandello ha avuto certamente la disgrazia di incrociarsi con il giudizio severissimo del grande padre della cultura italiana del Novecento. Per Benedetto Croce l'opera di Pirandello era riducibile a pochi spunti artistici soffocati e distorti «da un convulso, inconcludente filosofare». Di qui la sostanziale indifferenza, per decenni, della saggistica accademica italiana, profondamente imbevuta di estetica crociana, nonostante qualche superficiale sforzo di correzione. Bisogna perciò attendere i tardi anni Sessanta perché il mondo universitario, liberatosi ormai dell'egemonia crociana, cominci a riscoprire Pirandello, a partire dall'ormai classica monografia di Arcangelo Leone de Castris, *Storia di Pirandello* (1962). Alla fredda accoglienza del mondo ristretto dei colti si contrappone tuttavia, almeno a datare dall'esplosione teatrale dei *Sei personaggi*, il frenetico interesse, spesso anche solo scandalistico, di spettatori di teatro, di critici militanti, di giornalisti. Pirandello è un *caso*. Le reazioni pur scomposte alla prima dei *Sei personaggi* dimostrano che – nel bene o nel male – il pubblico di massa ha saputo cogliere il nodo del problema: Pirandello ha operato una rottura all'altezza della capacità eversiva delle Avanguardie Storiche. Pirandello azzera di colpo lo spazio canonico del salotto borghese; ci mostra una storia che si costruisce sul *nudo palcoscenico*. Il teatro è convenzione, è finzione, e non più mimesi della realtà come nella tradizione ottocentesca. Pirandello apre le porte alla rivoluzione teatrale novecentesca. Il suo messaggio ha però, paradossalmente, più risonanza in Europa che in Italia, proprio per il ritardo – cui si è accennato – che contraddistingue l'Italia rispetto al rinnovamento della scena. Una funzione fortemente deviante è assunta inoltre da Adriano Tilgher che ribalta, sì, la stroncatura crociana (per Croce sono gli spunti filosofici che impediscono la grandezza artistica di Pirandello; per Tilgher è invece proprio una tensione filosofica che innerva lo spessore della scrittura pirandelliana), ma a prezzo di schematizzazioni pericolose e gravide di sviluppi ancor più deleteri. Tilgher sottolinea come in Pirandello ci sia una visione della Vita necessitata a darsi una Forma, ma senza appagarsi mai di consistere in questa o in quella forma. Insomma *il problema centrale dell'arte pirandelliana* è in una sorta di antitesi di Vita e di Forma: croce e delizia di tanta critica impressionistica e parolaia destinata a prolungarsi per decenni. La morte di Pirandello ha l'effetto comunque di inizio di una fase di sospensione, quasi una pausa di interesse. Pirandello non è più vivo e non è dunque più tema di scandalo e di polemica. Ed è morto da troppo poco per poter essere già considerato un *classico*. Ancora nei primi anni Cinquanta Pirandello è scarsamente presente nei cartelloni delle compagnie teatrali: la sua drammaturgia è associata all'idea tutta negativa di *cerebralismo,* di dialogicità sofistica, noiosamente filosofeggiante. Occorre arrivare agli anni Sessanta perché Pirandello cominci a diventare quello che è oggi, un autore di sicura *cassetta*, presente in maniera forse persino eccessiva in tutti i programmi dei teatri italiani, stabili e instabili, pubblici e privati. Il merito di questo radicamento di Pirandello nella cultura di massa del teatro degli anni Sessanta e Settanta è indubbiamente della celebre Compagnia dei Giovani, con Giorgio De Lullo regista, Romolo Valli e Rossella Falk interpreti, Pier Luigi Pizzi scenografo. Sono questi teatranti – con una serie di allestimenti memorabili: dai *Sei personaggi* al *Giuoco delle parti* a *Enrico IV*, per non ricordare che gli spettacoli più riusciti – che impongono Pirandello al pubblico, in edizioni sempre molto fedeli ai testi, ma non per questo pedisseque. La Compagnia dei Giovani sottolinea molto la dimensione di sofferenza esistenziale che c'è nel teatro pirandelliano, sì da rivelarlo al pubblico come sorprendentemente *umano*, demistificando così il preconcetto dell'autore difficile e cerebrale. Anche dal punto di vista critico la riscoperta avviene con gli anni Sessanta: la monografia citata di De Castris sintetizza bene gli sforzi di una cultura marxista interessata a recuperare in Pirandello uno scrittore testimone e specchio della crisi della società borghese. Con gli anni Ottanta matura invece l'esigenza di una rilettura più radicale di tutta la figura di Pirandello, al di là delle insufficienze evidenti dell'analisi di tipo marxista (che finiva per rimuovere, consciamente o inconsciamente, tutti i passaggi più irrazionalistici di Pirandello, le sue connessioni spesso ambigue con il fascismo e più in generale con i valori della conservazione). È l'approccio psicanalitico che sembra affermarsi, con riscontri suggestivi anche sul piano della messinscena: si pensi agli allestimenti recenti del regista Massimo Castri, autore anche di un pregevole volume su alcuni dei suoi spettacoli pirandelliani.

Bibliografia

Prime edizioni

I *Sei personaggi* escono in prima edizione presso Bemporad nel 1921, cui seguono negli anni successivi due ristampe con modificazioni limitate. L'edizione definitiva è fondata invece sulla quarta edizione «riveduta e corretta con l'aggiunta di una prefazione» del 1925, con modificazioni tali da farne di fatto un testo abbastanza diverso rispetto alla prima stesura del 1921.

La prima edizione di *Enrico IV* è pubblicata sempre da Bemporad nel 1922. Il testo è leggermente diverso da quello definitivo.

Biografie

F.V. Nardelli, *L'uomo segreto. Vita e croci di Luigi Pirandello*, Milano, 1932.
G. Giudice, *Luigi Pirandello*, Torino, 1963.
E. Lauretta, *Luigi Pirandello*, Milano, 1980.

Studi critici

A. Tilgher, *Studi sul teatro contemporaneo*, Roma, 1922.
P. Gobetti, *Opera critica*, II, Torino, 1927.
B. Croce, *L. Pirandello*, in «La Critica», Bari, 1935.
M. Bontempelli, *Pirandello o del candore*, in «Nuova Antologia», Roma, 1/2/1937.
A. Gramsci, *Letteratura e vita nazionale*, Torino, 1950.
L. Sciascia, *Pirandello e il pirandellismo*, Palermo, 1953.
L. Sciascia, *Pirandello e la Sicilia*, Caltanissetta, 1961.
A.L. De Castris, *Storia di Pirandello*, Bari, 1962.
L. Ferrante, *Pirandello e la riforma teatrale*, Parma, 1969.

C. Vicentini, *L'estetica di Pirandello*, Milano, 1970.

G. Venè, *Pirandello fascista*, Milano, 1971.

G. Debenedetti, *Il romanzo del Novecento*, Milano, 1971.

R. Alonge, *Pirandello tra realismo e mistificazione*, Napoli, 1972.

R. Barilli, *La linea Svevo-Pirandello*, Milano, 1972.

G. Pirouè, *Pirandello*, Palermo, 1975.

J.M. Gardair, *Pirandello e il suo doppio*, Roma, 1977.

R. Dombroski, *La totalità dell'artificio. Ideologia e forma nel romanzo di Pirandello*, Padova, 1978.

A. Barbina, *Biblioteca di Luigi Pirandello*, Roma, 1980.

P. Puppa, *Fantasmi contro giganti. Scena e immaginario in Pirandello*, Bologna, 1978.

G. Macchia, *Pirandello o la stanza della tortura*, Milano, 1981.

M. Castri, *Pirandello Ottanta*, Milano, 1981.

G. Luti (a cura di), *Ricerche su Pirandello*, Verona, 1982.

N. Borsellino, *Ritratto di Pirandello*, Bari, 1983.

R. Alonge-A. Bouissy-L. Gedda-J. Spizzo, *Studi pirandelliani. Dal testo al sottotesto*, Bologna, 1986.

G. Mazzacurati, *Pirandello nel romanzo europeo*, Bologna, 1987.

A. D'Amico-A. Tinterri, *Pirandello capocomico. La compagnia del Teatro d'Arte di Roma, 1925-1928*, Palermo, 1987.

Atti di convegno

AA.VV., *Teatro di Pirandello*, Asti, 1967.

AA.VV., *I miti di Pirandello*, Milano, 1975.

AA.VV., *Il romanzo di Pirandello*, Palermo, 1976.

AA.VV., *Il teatro nel teatro*, Agrigento, 1977.

AA.VV., *Pirandello e il cinema*, Agrigento, 1978.

AA.VV., *Gli atti unici di Pirandello*, Agrigento, 1978.

AA.VV., *Le novelle di Pirandello*, Agrigento, 1980.

AA.VV., *Pirandello poeta*, Firenze, 1981.

AA.VV., *Pirandello saggista*, Palermo, 1982.

AA.VV., *Pirandello e il teatro del suo tempo*, Agrigento, 1983.

AA.VV., *Pirandello dialettale*, Palermo, 1983.

AA.VV., *Pirandello e la cultura del suo tempo*, Milano, 1984.

AA.VV., *Pirandello e la drammaturgia fra le due guerre*, Agrigento, 1985.

AA.VV., *Testo e messa in scena in Pirandello*, Firenze, 1986.

SEI PERSONAGGI IN CERCA D'AUTORE

ENRICO IV

Sei personaggi in cerca d'autore

Prefazione

È da tanti anni a servizio della mia arte (ma come fosse da jeri) una servetta sveltissima e non per tanto nuova sempre del mestiere.

Si chiama Fantasia.

Un po' dispettosa e beffarda, se ha il gusto di vestir di nero, nessuno vorrà negare che non sia spesso alla bizzarra, e nessuno credere che faccia sempre e tutto sul serio e a un modo solo. Si ficca una mano in tasca; ne cava un berretto a sonagli; se lo caccia in capo, rosso come una cresta, e scappa via. Oggi qua; domani là. E si diverte a portarmi in casa, perché io ne tragga novelle e romanzi e commedie, la gente più scontenta del mondo, uomini, donne, ragazzi, avvolti in casi strani da cui non trovan più modo a uscire; contrariati nei loro disegni; frodati nelle loro speranze; e coi quali insomma è spesso veramente una gran pena trattare.

Orbene, questa mia servetta Fantasia ebbe, parecchi anni or sono, la cattiva ispirazione o il malaugurato capriccio di condurmi in casa tutta una famiglia, non saprei dir dove né come ripescata, ma da cui, a suo credere, avrei potuto cavare il soggetto per un magnifico romanzo.

Mi trovai davanti un uomo sulla cinquantina, in giacca nera e calzoni chiari, dall'aria aggrottata e dagli occhi scontrosi per mortificazione; una povera donna in gramaglie ve-

5

dovili, che aveva per mano una bimbetta di quattr'anni da un lato e con un ragazzo di poco più di dieci dall'altro; una giovinetta ardita e procace, vestita anch'essa di nero ma con uno sfarzo equivoco e sfrontato, tutta un fremito di gajo sdegno mordente contro quel vecchio mortificato e contro un giovane sui vent'anni che si teneva discosto e chiuso in sé, come se avesse in dispetto tutti quanti. Insomma quei sei personaggi come ora si vedono apparire sul palcoscenico, al principio della commedia. E or l'uno or l'altro, ma anche spesso l'uno sopraffacendo l'altro, prendevano a narrarmi i loro tristi casi, a gridarmi ciascuno le proprie ragioni, ad avventarmi in faccia le loro scomposte passioni, press'a poco come ora fanno nella commedia al malcapitato Capocomico.

Quale autore potrà mai dire come e perché un personaggio gli sia nato nella fantasia? Il mistero della creazione artistica è il mistero stesso della nascita naturale. Può una donna, amando, desiderare di diventar madre; ma il desiderio da solo, per intenso che sia, non può bastare. Un bel giorno ella si troverà a esser madre, senza un preciso avvertimento di quando sia stato. Così un artista, vivendo, accoglie in sé tanti germi della vita, e non può mai dire come e perché, a un certo momento, uno di questi germi vitali gli si inserisca nella fantasia per divenire anch'esso una creatura viva in un piano di vita superiore alla volubile esistenza quotidiana.

Posso soltanto dire che, senza sapere d'averli punto cercati, mi trovai davanti, vivi da poterli toccare, vivi da poterne udire perfino il respiro, quei sei personaggi che ora si vedono sulla scena. E attendevano, lì presenti, ciascuno col suo tormento segreto e tutti uniti dalla nascita e dal viluppo delle vicende reciproche, ch'io li facessi entrare nel mondo dell'arte, componendo delle loro persone, delle loro passioni e dei loro casi un romanzo, un dramma o almeno una novella. Nati vivi, volevano vivere.

6

Ora bisogna sapere che a me non è mai bastato rappresentare una figura d'uomo o di donna, per quanto speciale e caratteristica, per il solo gusto di rappresentarla; narrare una particolar vicenda, gaja o triste, per il solo gusto di narrarla; descrivere un paesaggio per il solo gusto di descriverlo.

Ci sono certi scrittori (e non pochi) che hanno questo gusto e, paghi, non cercano altro. Sono scrittori di natura più propriamente storica.

Ma ve ne sono altri che, oltre questo gusto, sentono un più profondo bisogno spirituale, per cui non ammettono figure, vicende, paesaggi che non s'imbevano, per così dire, d'un particolar senso della vita, e non acquistino con esso un valore universale. Sono scrittori di natura più propriamente filosofica.

Io ho la disgrazia d'appartenere a questi ultimi.

Odio l'arte simbolica, in cui la rappresentazione perde ogni movimento spontaneo per diventar macchina, allegoria; sforzo vano e malinteso, perché il solo fatto di dar senso allegorico a una rappresentazione dà a veder chiaramente che già si tien questa in conto di favola che non ha per se stessa alcuna verità né fantastica né effettiva, e che è fatta per la dimostrazione di una qualunque verità morale. Quel bisogno spirituale di cui io parlo non si può appagare, se non qualche volta e per un fine di superiore ironia (com'è per esempio nell'Ariosto) di un tal simbolismo allegorico. Questo parte da un concetto, è anzi un concetto che si fa, o cerca di farsi, immagine; quello cerca invece nell'immagine, che deve restar viva e libera di sé in tutta la sua espressione, un senso che gli dia valore.

Ora, per quanto cercassi, io non riuscivo a scoprir questo senso in quei sei personaggi. E stimavo perciò che non mettesse conto farli vivere.

Pensavo fra me e me: «Ho già afflitto tanto i miei lettori

con centinaja e centinàja di novelle: perché dovrei affliggerli ancora con la narrazione dei tristi casi di questi sei disgraziati?».

E, così pensando, li allontanavo da me. O piuttosto, facevo di tutto per allontanarli.

Ma non si dà vita invano a un personaggio.

Creature del mio spirito, quei sei già vivevano d'una vita che era la loro propria e non più mia, d'una vita che non era più in mio potere negar loro.

Tanto è vero che, persistendo io nella mia volontà di scacciarli dal mio spirito, essi, quasi già del tutto distaccati da ogni sostegno narrativo, personaggi d'un romanzo usciti per prodigio dalle pagine del libro che li conteneva, seguitavano a vivere per conto loro; coglievano certi momenti della mia giornata per riaffacciarsi a me nella solitudine del mio studio, e or l'uno or l'altro, ora due insieme, venivano a tentarmi, a propormi questa o quella scena da rappresentare o da descrivere, gli effetti che se ne sarebbero potuti cavare, il nuovo interesse che avrebbe potuto destare una certa insolita situazione, e via dicendo.

Per un momento io mi lasciavo vincere; e bastava ogni volta questo mio condiscendere, questo lasciarmi prendere per un po', perché essi ne traessero un nuovo profitto di vita, un accrescimento d'evidenza, e anche, perciò, d'efficacia persuasiva su me. E così a mano a mano diveniva per me tanto più difficile il tornare a liberarmi da loro, quanto a loro più facile il tornare a tentarmi. Ne ebbi, a un certo punto, una vera e propria ossessione. Finché, tutt'a un tratto, non mi balenò il modo d'uscirne.

– O perché – mi dissi – non rappresento questo novissimo caso d'un autore che si rifiuta di far vivere alcuni suoi personaggi, nati vivi nella sua fantasia, e il caso di questi personaggi che, avendo ormai infusa in loro la vita, non si rassegnano a restare esclusi dal mondo dell'arte? Essi si sono già staccati da me; vivono per conto loro; hanno acquistato voce e movimento; sono dunque già divenuti di per se stessi, in questa lotta che han dovuto sostenere con me per la loro vita, personaggi drammatici, personaggi che possono da soli muoversi e parlare; vedono già se stessi come tali; hanno imparato a difendersi da me; sapranno ancora difendersi dagli altri. E allora, ecco, lasciamoli andare dove son soliti d'andare i personaggi drammatici per aver vita: su un palcoscenico. E stiamo a vedere che cosa ne avverrà.

Così ho fatto. Ed è avvenuto naturalmente quel che doveva avvenire: un misto di tragico e di comico, di fantastico e di realistico, in una situazione umoristica affatto nuova e quanto mai complessa; un dramma che da sé per mezzo dei suoi personaggi, spiranti parlanti semoventi, che lo portano e lo soffrono in loro stessi, vuole a ogni costo trovare il modo d'essere rappresentato; e la commedia del vano tentativo di questa realizzazione scenica improvvisa. Dapprima, la sorpresa di quei poveri attori d'una Compagnia drammatica che stan provando, di giorno, una commedia su un palcoscenico sgombro di quinte e di scene; sorpresa e incredulità, nel vedersi apparir davanti quei sei personaggi che si annunziano per tali in cerca d'autore; poi, subito dopo, per quell'improvviso mancare della Madre velata di nero, il loro istintivo interessamento al dramma che intravedono in lei e negli altri componenti quella strana famiglia, dramma oscuro, ambiguo, che viene ad abbattersi così impensatamente su quel palcoscenico vuoto e impreparato a riceverlo; e man mano il crescere di questo interessamento al prorompere delle passioni contrastanti ora nel Padre, ora nella Figliastra, ora nel Figlio, ora in quella povera Madre; passioni che cercano, come ho detto, di sopraffarsi a vicenda, con una tragica furia dilaniatrice.

Ed ecco che quel senso universale cercato invano dapprima in quei sei personaggi, ora essi, andati da sé sul palcoscenico, riescono a trovarlo in sé nella concitazione della lotta disperata che ciascuno fa contro l'altro e tutti contro il Capocomico e gli attori che non li comprendono.

Senza volerlo, senza saperlo, nella ressa dell'animo esagitato, ciascun d'essi, per difendersi dalle accuse dell'altro, esprime come sua viva passione e suo tormento quelli che per tanti anni sono stati i travagli del mio spirito: l'inganno della comprensione reciproca fondato irrimediabilmente sulla vuota astrazione delle parole; la molteplice personalità d'ognuno secondo tutte le possibilità d'essere che si trovano in ciascuno di noi; e infine il tragico conflitto immanente tra la vita che di continuo si muove e cambia e la forma che la fissa, immutabile.

Due soprattutto fra quei sei personaggi, il Padre e la Figliastra, parlano di questa atroce inderogabile fissità della loro forma, nella quale l'uno e l'altra vedono espresse per sempre, immutabilmente la loro essenzialità, che per l'uno significa castigo e per l'altra vendetta; e la difendono contro le smorfie fittizie e la incosciente volubilità degli attori e cercano d'imporla al volgare Capocomico che vorrebbe alterarla e accomodarla alle così dette esigenze del teatro.

Non tutti e sei i personaggi stanno in apparenza sullo stesso piano di formazione, ma non perché vi siano fra essi figure di primo o di secondo piano, cioè «protagonisti» e «macchiette» – che allora sarebbe elementare prospettiva, necessaria a ogni architettura scenica o narrativa – e non perché non siano tutti, per quello che servono, compiutamente formati. Sono, tutti e sei, allo stesso punto di realizzazione artistica, e tutti e sei, sullo stesso piano di realtà, che è il fantastico della commedia. Se non che il Padre, la Figliastra e anche il Figlio sono realizzati come spirito; come natura è la Madre; come «presenze» il Giovinetto che guarda e compie un gesto e la Bambina del tutto inerte. Questo fatto crea fra essi una prospettiva di nuovo genere. Inconsciamente avevo avuto l'impressione che mi bisognasse farli apparire alcuni più realizzati (artisticamente), altri meno, altri appena appena raffigurati come elementi d'un fatto da narrare o da rappresentare: i più vivi, i più compiutamente creati, il Padre e la Figliastra, che vengono naturalmente più avanti e guidano e si trascinano appresso il peso quasi morto degli altri: uno, il Figlio, riluttante; l'altro, la Madre, come una vittima rassegnata, tra quelle due creaturine che quasi non hanno alcuna consistenza se non appena nella loro apparenza e che han bisogno di essere condotte per mano.

E infatti! Infatti dovevano proprio apparire ciascuno in quello stadio di creazione raggiunto nella fantasia dell'autore al momento che questi li volle scacciare da sé.

Se ora ci rifletto, l'avere intuito questa necessità, l'aver trovato, inconsciamente, il modo di risolverla con una nuova prospettiva, e il modo con cui l'ho ottenuta, mi sembrano miracoli. Il fatto è che la commedia fu veramente concepita in un'illuminazione spontanea della fantasia, quando, per prodigio, tutti gli elementi dello spirito si rispondono e lavorano in un divino accordo. Nessun cervello umano, lavorandoci a freddo, per quanto ci si fosse travagliato, sarebbe mai riuscito a penetrare e a poter soddisfare tutte le necessità della sua forma. Perciò le ragioni che io dirò per chiarirne i valori non siano intese come intenzioni da me preconcette quando mi accinsi alla sua creazione e di cui ora mi assuma la difesa, ma solo come scoperte che io stesso, poi, a mente riposata, ho potuto fare.

Io ho voluto rappresentare sei personaggi che cercano un autore. Il dramma non riesce a rappresentarsi appunto perché manca l'autore che essi cercano; e si rappresenta invece la commedia di questo loro vano tentativo, con tutto quello che essa ha di tragico per il fatto che questi sei personaggi sono stati rifiutati.

Ma si può rappresentare un personaggio, rifiutandolo? Evidentemente, per rappresentarlo, bisogna invece accoglierlo nella fantasia e quindi esprimerlo. E io difatti ho accolto e realizzato quei sei personaggi: li ho però accolti e realizzati come rifiutati: in cerca d'altro autore.

Bisogna ora intendere che cosa ho rifiutato di essi; non essi stessi, evidentemente; bensì il loro dramma, che, senza dubbio, interessa loro sopra tutto, ma non interessava affatto me, per le ragioni già accennate.

E che cos'è il proprio dramma, per un personaggio?

Ogni fantasma, ogni creatura d'arte, per essere, deve avere il suo dramma, cioè un dramma di cui esso sia personaggio e per cui è personaggio. Il dramma è la ragion d'essere del personaggio; è la sua funzione vitale: necessaria per esistere.

Io, di quei sei, ho accolto dunque l'essere, rifiutando la ragion d'essere; ho preso l'organismo affidando a esso, invece della funzione sua propria, un'altra funzione più complessa e in cui quella propria entrava appena come dato di fatto. Situazione terribile e disperata specialmente per i due – il Padre e la Figliastra – che più degli altri tengono a vivere e più degli altri han coscienza di essere personaggi, cioè assolutamente bisognosi d'un dramma e perciò del proprio, che è il solo che essi possano immaginare a se stessi e che intanto vedono rifiutato; situazione «impossibile», da cui sentono di dover uscire a qualunque costo, per questione di vita o di morte. È ben vero che io, di ragion d'essere, di funzione, gliene ho data un'altra, cioè appunto quella situazione «impossibile», il dramma dell'essere in cerca d'autore, rifiutati: ma che questa sia una ragion d'essere, che sia diventata, per essi che già avevano una vita propria, la vera funzione necessaria e sufficiente per esistere, neanche possono sospettare. Se qualcuno glielo dicesse, non lo crederebbero; perché non è possibile credere che l'unica ragione della nostra vita sia tutta in un tormento che ci appare ingiusto e inesplicabile.

Non so immaginare, perciò, con che fondamento mi fu mosso l'appunto che il personaggio del Padre non era quello che avrebbe dovuto essere, perché usciva dalla sua qualità e posizione di personaggio invadendo, a volte, e facendo sua l'attività dell'autore. Io che intendo chi non m'intende, capisco che l'appunto viene dal fatto che quel personaggio esprime come proprio un travaglio di spirito che è riconosciuto essere il mio. Il che è ben naturale e non significa assolutamente nulla. A parte la considerazione che quel travaglio di spirito nel personaggio del Padre deriva, ed è sofferto e vissuto, da cause e per ragioni che non hanno nulla da vedere col dramma della mia esperienza personale, considerazione che da sola toglierebbe ogni consistenza alla critica, voglio chiarire che una cosa è il travaglio immanente del mio spirito, travaglio che io posso legittimamente – purché gli torni organico – riflettere in un personaggio; altra cosa è l'attività del mio spirito svolta nella realizzazione di questo lavoro, l'attività cioè che riesce a formare il dramma di quei sei personaggi in cerca d'autore. Se il Padre fosse partecipe di questa attività, se concorresse a formare il dramma dell'essere quei personaggi senza autore, allora sì, e soltanto allora, sarebbe giustificato il dire che esso sia a volte l'autore stesso, e perciò non sia quello che dovrebbe essere. Ma il Padre, questo suo essere «personaggio in cerca d'autore», lo soffre e non lo crea, lo soffre come una fatalità inesplicabile e come una situazione a cui cerca con tutte le forze di ribellarsi e di rimediare: proprio dunque «personaggio in cerca d'autore» e niente di più, anche se esprima come suo il travaglio del mio spirito. Se esso fosse partecipe dell'attività dell'autore, si spiegherebbe perfettamente quella fatalità; si vedrebbe cioè accolto, sia pure come personaggio rifiutato, ma pur sempre accolto nella matrice fantastica d'un poeta e non avrebbe più ragione di patire quella disperazione di non trovare chi affermi e componga la sua vita di personaggio: voglio dire che accetterebbe assai di buon grado la ragion d'essere che gli dà l'autore e senza rimpianti rinunzierebbe alla propria, mandando all'aria quel Capocomico e quegli attori a cui, come a unico scampo, è invece ricorso.

C'è un personaggio, quello della Madre, a cui invece non importa affatto aver vita, considerato l'aver vita come fine a se stesso. Non ha il minimo dubbio, lei, di non esser già viva; né le è mai passato per la mente di domandarsi come e perché, in che modo, lo sia. Non ha, insomma, coscienza d'essere personaggio: in quanto non è mai, neanche per un momento, distaccata dalla sua «parte». Non sa d'avere una «parte».

Questo le torna perfettamente organico. Infatti la sua parte di Madre non comporta per se stessa, nella sua «naturalità», movimenti spirituali; ed ella non vive come spirito: vive in una continuità di sentimento che non ha mai soluzione, e perciò non può acquistare coscienza della sua vita, che è quanto dire del suo esser personaggio. Ma, con tutto ciò, anch'ella cerca, a modo suo e per i suoi fini, un autore; a un certo punto sembra contenta d'essere stata condotta davanti al Capocomico. Forse perché anch'ella spera di *aver vita* da costui? No: perché spera che il Capocomico le faccia rappresentare una scena col Figlio, nella quale metterebbe tanta della sua propria vita; ma è una scena che non esiste, che non ha mai potuto, né potrebbe, aver luogo. Tant'ella è incosciente del suo esser personaggio, cioè della vita che può avere, fissata e determinata tutta, attimo per attimo, in ogni gesto e in ogni parola.

Ella si presenta con gli altri personaggi sul palcoscenico, ma senza capire quello che essi le fanno fare. Evidentemente immagina che la smania di aver vita da cui sono assaliti il marito e la figlia e per cui anch'ella si ritrova su un palcoscenico, altro non sia che una delle solite incomprensibili stramberie di quell'uomo tormentato e tormentatore, e – orribile, orribile, – una nuova, equivoca levata di testa di quella sua povera ragazza traviata. È del tutto passiva. I casi della sua vita e il valore che questi hanno assunto agli occhi di lei, il suo carattere stesso, sono tutte cose che si dicono dagli altri e che ella solo una volta contraddice, perché l'istinto materno insorge e si ribella in lei, per chiarire che non volle affatto abbandonare né il figlio né il marito; perché il figlio le fu tolto e il marito la costrinse all'abbandono. Ma rettifica dati di fatto: non sa e non si spiega nessuna cosa.

È, insomma, natura. Una natura fissata in una figura di madre.

Questo personaggio mi ha dato una soddisfazione di nuovo genere, che non va taciuta. Quasi tutti i miei critici, invece di definirlo, al solito, «disumano» – che sembra sia il peculiare e incorreggibile carattere di tutte indistintamente le mie creature – hanno avuto la bontà di notare, «con vero compiacimento», che finalmente dalla mia fantasia era uscita una figura *umanissima*. La lode me la spiego in questo modo: che, essendo la mia povera Madre tutta legata al suo atteggiamento naturale di Madre, senza possibilità di liberi movimenti spirituali, cioè quasi un ciocco di carne compiutamente viva in tutte le sue funzioni di procreare, allattare, curare e amare la sua prole, senza punto bisogno perciò di far agire il cervello, essa realizzi in sé il vero e perfetto «tipo umano». Certo è così, perché nulla pare che sia più superfluo dello spirito in un organismo umano.

Ma i critici, pur con quella lode, si sono voluti sbrigare

della Madre senza curarsi di penetrare il nucleo di valori poetici che il personaggio, nella commedia, sta a significare. Umanissima figura, sì, perché priva di spirito, cioè incosciente d'essere quello che è o incurante di spiegarselo. Ma il fatto d'ignorare d'esser personaggio non le toglie già di esserlo. Ecco il suo dramma, nella mia commedia. E l'espressione più viva di esso balza, in quel suo grido al Capocomico che le fa considerare come tutto sia già avvenuto e perciò non possa più esser motivo di nuovo pianto: – «No, avviene ora, avviene sempre! Il mio strazio non è finto, signore! Io sono viva e presente, sempre, in ogni momento del mio strazio, che si rinnova vivo e presente sempre». Questo ella *sente*, senza coscienza, e perciò come cosa inesplicabile: ma lo sente con tanta terribilità che non pensa nemmeno possa essere cosa da spiegare a se stessa o agli altri. Lo sente e basta. Lo sente come dolore, e questo dolore, immediato, grida. Così in lei si riflette la fissità della sua vita in una forma, che, in altro modo, tormenta il Padre e la Figliastra. Questi, spirito; ella, natura: lo spirito vi si ribella o, come può, cerca di profittarne; la natura, se non sia aizzata dagli stimoli del senso, ne piange.

Il conflitto immanente tra il movimento vitale e la forma è condizione inesorabile non solo dell'ordine spirituale, ma anche di quello naturale. La vita che s'è fissata, per essere, nella nostra forma corporale, a poco a poco uccide la sua forma. Il pianto di questa natura fissata è l'irreparabile, continuo invecchiare del nostro corpo. Il pianto della Madre è allo stesso modo passivo e perpetuo. Mostrato attraverso tre facce, invalorato in tre drammi diversi e contemporanei, quell'immanente conflitto trova così nella commedia la più compiuta espressione. E di più, la Madre dichiara anche il particolare valore della forma artistica: forma che non comprende e non uccide la sua vita, e che la vita non consuma;

in quel suo grido al Capocomico. Se il Padre e la Figliastra riattaccassero centomila volte di seguito la loro scena, sempre, al punto fissato, all'attimo in cui la vita dell'opera d'arte dev'essere espressa con quel suo grido, sempre esso risonerebbe: inalterato e inalterabile nella sua forma, ma non come una ripetizione meccanica, non come un ritorno obbligato da necessità esteriori, ma bensì, ogni volta, vivo e come nuovo, nato improvviso così per sempre: imbalsamato vivo nella sua forma immarcescibile. Così, sempre, ad apertura di libro, troveremo Francesca viva confessare a Dante il suo dolce peccato; e se centomila volte di seguito torneremo a rileggere quel passo, centomila volte di seguito Francesca ridirà le sue parole, non mai ripetendole meccanicamente, ma dicendole ogni volta per la prima volta con sì viva e improvvisa passione che Dante ogni volta ne tramortirà. Tutto ciò che vive per il fatto che vive, ha forma, e per ciò stesso deve morire: tranne l'opera d'arte, che appunto vive per sempre, in quanto è forma.

La nascita d'una creatura della fantasia umana, nascita che è il passo per la soglia tra il nulla e l'eternità, può avvenire anche improvvisa, avendo per gestazione una necessità. In un dramma immaginato serve un personaggio che faccia o dica una certa cosa necessaria; ecco quel personaggio è nato, ed è quello, preciso, che doveva essere. Così nasce Madama Pace fra i sei personaggi, e pare un miracolo, anzi, un trucco su quel palcoscenico rappresentato realisticamente. Ma non è trucco. La nascita è reale, il nuovo personaggio è vivo non perché fosse già vivo, ma perché felicemente nato, come appunto comporta la sua natura di personaggio, per così dire, «obbligato». È avvenuta perciò una spezzatura, un improvviso mutamento del piano di realtà della scena, perché un personaggio può nascere a quel modo soltanto nella fantasia del poeta, non certo sulle tavole d'un palcoscenico. Senza che

17

nessuno se ne sia accorto, ho cambiato di colpo la scena: la ho riaccolta in quel momento nella mia fantasia pur non togliendola di sotto gli occhi agli spettatori; ho cioè mostrato ad essi, in luogo del palcoscenico, la mia fantasia in atto di creare, sotto specie di quel palcoscenico stesso. Il mutarsi improvviso e incontrollabile di una apparenza da un piano di realtà a un altro è un miracolo della specie di quelli compiuti dal Santo che fa muovere la sua statua, che in quel momento non è più certamente né di legno né di pietra; ma non un miracolo arbitrario. Quel palcoscenico, anche perché accoglie la realtà fantastica dei sei personaggi, non esiste di per se stesso come dato fisso e immutabile, come nulla in questa commedia esiste di posto e di preconcetto: tutto vi si fa, tutto vi si muove, tutto vi è tentativo improvviso. Anche il piano di realtà del luogo in cui si muta e si rimuta questa informe vita che anela alla sua forma, arriva così a spostarsi organicamente. Quando io concepii di far nascere lì per lì Madama Pace su quel palcoscenico, sentii che potevo farlo e lo feci; se avessi avvertito che questa nascita mi scardinava e mi riformava, silenziosamente e quasi inavvertitamente, in un attimo, il piano di realtà della scena, non lo avrei fatto di sicuro, aggelato dalla sua apparente illogicità. E avrei commesso una malaugurata mortificazione della bellezza della mia opera, da cui mi salvò il fervore del mio spirito: perché, contro una bugiarda apparenza logica, quella fantastica nascita è sostenuta da una vera necessità in misteriosa organica correlazione con tutta la vita dell'opera.

Che qualcuno ora mi dica che essa non ha tutto il valore che potrebbe avere perché la sua espressione non è composta ma caotica, perché pecca di romanticismo, mi fa sorridere.

Capisco perché questa osservazione mi sia stata fatta. Perché nel mio lavoro la rappresentazione del dramma in cui sono involti i sei personaggi appare tumultuosa e non procede mai ordinata: non c'è sviluppo logico, non c'è concatenazione negli avvenimenti. È verissimo. Neanche a cercarlo col lumicino avrei potuto trovare un modo più disordinato, più strambo, più arbitrario e complicato, cioè più romantico, di rappresentare «il dramma in cui sono involti i sei personaggi». È verissimo, ma io non ho affatto rappresentato quel dramma: ne ho rappresentato un altro – e non starò a ripetere quale! – in cui, fra le altre belle cose che ognuno secondo i suoi gusti ci può ritrovare, c'è proprio una discreta satira dei procedimenti romantici; in quei miei personaggi così tutti incaloriti a sopraffarsi nella parte che ognun d'essi ha in un certo dramma mentre io li presento come personaggi di un'altra commedia che essi non sanno e non sospettano, così che quella loro esagitazione passionale, propria dei procedimenti romantici, è umoristicamente posta, campata sul vuoto. E il dramma dei personaggi, rappresentato non come si sarebbe organato nella mia fantasia se vi fosse stato accolto, ma così, come dramma rifiutato, non poteva consistere nel mio lavoro se non come «situazione», e in qualche sviluppo, e non poteva venir fuori se non per accenni, tumultuosamente e disordinatamente, in iscorci violenti, in modo caotico: di continuo interrotto, sviato, contraddetto, e, anche, da uno dei suoi personaggi negato, e, da due altri, neanche vissuto.

C'è un personaggio infatti – quello che «nega» il dramma che lo fa personaggio, il Figlio – che tutto il suo rilievo e il suo valore trae dall'essere personaggio non della «commedia da fare» – che come tale quasi non appare – ma della rappresentazione ch'io ne ho fatta. È insomma il solo che viva soltanto come «personaggio in cerca d'autore»; tanto che l'autore che egli cerca non è un autore drammatico. Anche questo non poteva essere altrimenti; tanto l'atteggiamento del personaggio è organico nella mia concezione quanto è logico

19

che nella situazione determini maggior confusione e disordine e un altro motivo di contrasto romantico.

Ma appunto questo caos, organico e naturale, io dovevo rappresentare; e rappresentare un caos non significa affatto rappresentare caoticamente, cioè romanticamente. E che la mia rappresentazione sia tutt'altro che confusa, ma anzi assai chiara, semplice e ordinata, lo dimostra l'evidenza con cui, agli occhi di tutti i pubblici del mondo, risultano l'intreccio, i caratteri, i piani fantastici e realistici, drammatici e comici del lavoro, e come, per chi ha occhi più penetranti, vengono fuori i valori insoliti in esso racchiusi.

Grande è la confusione delle lingue fra gli uomini, se critiche così fatte pur trovan le parole per esprimersi. Tanto grande questa confusione quanto perfetta l'intima legge d'ordine che, in tutto obbedita, fa classica e tipica la mia opera e vieta ogni parola alla sua catastrofe. Quando, difatti, davanti a tutti ormai compresi che per artificio non si crea vita e che il dramma dei sei personaggi, mancando l'autore che lo invalori nello spirito, non si potrà rappresentare, per l'istigazione del Capocomico volgarmente ansioso di conoscere come si svolse il fatto, questo fatto è ricordato dal Figlio nella successione materiale dei suoi momenti, privo di qualunque senso e perciò senza neanche bisogno della voce umana, s'abbatte bruto, inutile, con la detonazione d'un'arma meccanica sulla scena, e infrange e disperde lo sterile tentativo dei personaggi e degli attori, apparentemente non assistito dal poeta.

Il poeta, a loro insaputa, quasi guardando da lontano per tutto il tempo di quel loro tentativo, ha atteso, intanto, a creare con esso e di esso la sua opera.

Sei personaggi in cerca d'autore

I personaggi
della commedia da fare

Il padre
La madre
La figliastra
Il figlio
Il giovinetto
La bambina
(questi ultimi due non parlano)
(Poi, evocata) Madama Pace

Gli attori della compagnia

Il direttore-capocomico
La prima attrice
Il primo attore
La seconda donna
L'attrice giovane
L'attor giovane
Altri attori e attrici
Il direttore di scena
Il suggeritore
Il trovarobe
Il macchinista
Il segretario del capocomico
L'uscere del teatro
Apparatori e servi di scena

Di giorno, su un palcoscenico di teatro di prosa.

N. B. *La commedia non ha atti né scene. La rappresentazione sarà interrotta una prima volta, senza che il sipario s'abbassi, allorché il Direttore-Capocomico e il capo dei personaggi si ritireranno per concertar lo scenario e gli Attori sgombreranno il palcoscenico; una seconda volta, allorché per isbaglio il Macchinista butterà giù il sipario.*

Troveranno gli spettatori, entrando nella sala del teatro, alzato il siparío, e il palcoscenico com'è di giorno, senza quinte né scena, quasi al bujo e vuoto, perché abbiano fin da principio l'impressione d'uno spettacolo non preparato.

Due scalette, una a destra e l'altra a sinistra, metteranno in comunicazione il palcoscenico con la sala.

Sul palcoscenico il cupolino del suggeritore, messo da parte, accanto alla buca.

Dall'altra parte, sul davanti, un tavolino e una poltrona con la spalliera voltata verso il pubblico, per il Direttore-Capocomico.

Altri due tavolini, uno più grande, uno più piccolo, con parecchie sedie attorno, messi lì sul davanti per averli pronti, a un bisogno, per la prova. Altre sedie, qua e là, a destra e a sinistra, per gli Attori, e un pianoforte in fondo, da un lato, quasi nascosto.

Spenti i lumi della sala, si vedrà entrare dalla porta del palcoscenico il Macchinista in camiciotto turchino e sacca appesa alla cintola; prendere da un angolo in fondo alcuni assi d'attrezzatura; disporli sul davanti e mettersi in ginocchio e inchiodarli. Alle martellate accorrerà dalla porta dei camerini il Direttore di scena.

IL DIRETTORE DI SCENA
  Oh! Che fai?

IL MACCHINISTA
  Che faccio? Inchiodo.

IL DIRETTORE DI SCENA
  A quest'ora?

Guarderà l'orologio.

Sono già le dieci e mezzo. A momenti sarà qui il Direttore
per la prova.

IL MACCHINISTA
Ma dico, dovrò avere anch'io il mio tempo per lavorare!

IL DIRETTORE DI SCENA
  L'avrai, ma non ora.

IL MACCHINISTA
  E quando?

IL DIRETTORE DI SCENA
Quando non sarà più l'ora della prova. Su, su, pòrtati via
tutto, e lasciami disporre la scena per il secondo atto del
Giuoco delle parti.

*Il Macchinista, sbuffando, borbottando, raccatterà gli assi e
andrà via. Intanto dalla porta del palcoscenico cominceranno a
venire gli Attori della Compagnia, uomini e donne, prima uno,
poi un altro, poi due insieme, a piacere: nove o dieci, quanti si
suppone che debbano prender parte alle prove della commedia
di Pirandello* Il giuoco delle parti, *segnata all'ordine del giorno. Entreranno, saluteranno il Direttore di scena e si saluteranno tra loro augurandosi il buon giorno. Alcuni si avvieran-
no ai loro camerini; altri, fra cui il Suggeritore che avrà il copione arrotolato sotto il braccio, si fermeranno sul palcoscenico
in attesa del Direttore per cominciar la prova, e intanto, o se-*

duti a crocchio, o in piedi, scambieranno tra loro qualche paro-
la; e chi accenderà una sigaretta, chi si lamenterà della parte
che gli è stata assegnata, chi leggerà forte ai compagni qualche
notizia in un giornaletto teatrale. Sarà bene che tanto le Attrici
quanto gli Attori siano vestiti d'abiti piuttosto chiari e gai, e che
questa prima scena a soggetto abbia, nella sua naturalezza,
molta vivacità. A un certo punto, uno dei comici potrà sedere
al pianoforte e attaccare un ballabile; i più giovani tra gli Attori
e le Attrici si metteranno a ballare.

IL DIRETTORE DI SCENA
(battendo le mani per richiamarli alla disciplina). Via, via,
smettetela! Ecco il signor Direttore!

Il suono e la danza cesseranno d'un tratto. Gli Attori si volte-
ranno a guardare verso la sala del teatro, dalla cui porta si ve-
drà entrare il Direttore-Capocomico, il quale, col cappello duro
in capo, il bastone sotto il braccio e un grosso sigaro in bocca,
attraverserà il corridoio tra le poltrone e, salutato dai comici,
salirà per una delle due scalette sul palcoscenico. Il Segretario
gli porgerà la posta: qualche giornale, un copione sottofascia.

IL CAPOCOMICO
Lettere?

IL SEGRETARIO
Nessuna. La posta è tutta qui.

IL CAPOCOMICO
(porgendogli il copione sottofascia). Porti in camerino.

Poi, guardandosi attorno e rivolgendosi al Direttore di scena:

Oh, qua non ci si vede. Per piacere, faccia dare un po' di
luce.

IL DIRETTORE DI SCENA
Subito.

Si recherà a dar l'ordine. E poco dopo, il palcoscenico sarà illuminato in tutto il lato destro, dove staranno gli Attori, d'una viva luce bianca. Nel mentre, il Suggeritore avrà preso posto nella buca, accesa la lampadina e steso davanti a sé il copione.

IL CAPOCOMICO
(*battendo le mani*). Su, su, cominciamo.

Al Direttore di scena:

Manca qualcuno?

IL DIRETTORE DI SCENA
Manca la Prima Attrice.

IL CAPOCOMICO
Al solito!

Guarderà l'orologio.

Siamo già in ritardo di dieci minuti. La segni, mi faccia il piacere. Così imparerà a venire puntuale alla prova.

Non avrà finito la reprensione, che dal fondo della sala si udrà la voce della Prima Attrice.

LA PRIMA ATTRICE
No, no, per carità! Eccomi! Eccomi!

È tutta vestita di bainco, con un cappellone spavaldo in capo e un grazioso cagnolino tra le braccia; correrà attraverso il corridoio delle poltrone e salirà in gran fretta una delle scalette.

IL CAPOCOMICO
Lei ha giurato di farsi sempre aspettare.

LA PRIMA ATTRICE
Mi scusi. Ho cercato tanto una automobile per fare a tempo! Ma vedo che non avete ancora cominciato. E io non sono subito di scena.

Poi, chiamando per nome il Direttore di scena e consegnando-gli il cagnolino:

Per piacere, me lo chiuda nel camerino.

IL CAPOCOMICO
(*borbottando*). Anche il cagnolino! Come se fossimo pochi i cani qua.

Batterà di nuovo le mani e si rivolgerà al Suggeritore.

Su, su, il secondo atto del *Giuoco delle parti*.

Sedendo sulla poltrona:

Attenzione, signori. Chi è di scena?

Gli Attori e le Attrici sgombreranno il davanti del palcoscenico e andranno a sedere da un lato, tranne i tre che principieranno la prova e la Prima Attrice, che, senza badare alla domanda del Capocomico, si sarà messa a sedere davanti ad uno dei due tavolini.

IL CAPOCOMICO
(*alla Prima Attrice*). Lei dunque è di scena?

LA PRIMA ATTRICE
Io, nossignore.

IL CAPOCOMICO   7
(*seccato*). E allora si levi, santo Dio!

La Prima Attrice si alzerà e andrà a sedere accanto agli altri Attori che si saranno già tratti in disparte.

IL CAPOCOMICO
(*al Suggeritore*). Cominci, cominci   8

IL SUGGERITORE
(*leggendo nel copione*). «In casa di Leone Gala Una strana sala da pranzo e da studio.»

IL CAPOCOMICO
(*volgendosi al Direttore di scena*). Metteremo la sala rossa.

IL DIRETTORE DI SCENA
(*segnando su un foglio di carta*). La rossa. Sta bene.

IL SUGGERITORE
(*seguitando a leggere nel copione*). «Tavola apparecchiata e scrivania con libri e carte. Scaffali di libri e vetrine con ricche suppellettili da tavola. Uscio in fondo per cui si va nella camera da letto di Leone. Uscio laterale a sinistra per cui si va nella cucina. La comune è a destra.»

Il CAPOCOMICO
(*alzandosi e indicando*). Dunque, stiano bene attenti: di là, la comune. Di qua, la cucina.

Rivolgendosi all'Attore che farà la parte di Socrate:

Lei entrerà e uscirà da questa parte.

Al Direttore di scena:

Applicherà la bussola in fondo, e metterà le tendine.

Tornerà a sedere.

IL DIRETTORE DI SCENA
(*segnando*). Sta bene.

IL SUGGERITORE
(*leggendo c. s.*). «Scena Prima. Leone Gala, Guido Venanzi, Filippo detto Socrate.»

Al Capocomico:

Debbo leggere anche la didascalia?

IL CAPOCOMICO
Ma sì! sì! Gliel'ho detto cento volte!

IL SUGGERITORE

(*leggendo c. s.*). «Al levarsi della tela, Leone Gala, con berretto da cuoco e grembiule, è intento a sbattere con un mestolino di legno un uovo in una ciotola. Filippo ne sbatte un altro, parato anche lui da cuoco. Guido Venanzi ascolta, seduto.»

IL PRIMO ATTORE

(*al Capocomico*). Ma scusi, mi devo mettere proprio il berretto da cuoco in capo?

IL CAPOCOMICO

(*urtato dall'osservazione*). Mi pare! Se sta scritto lì!

Indicherà il copione.

IL PRIMO ATTORE

Ma è ridicolo, scusi!

IL CAPOCOMICO

(*balzando in piedi sulle furie*). «Ridicolo! ridicolo!» Che vuole che le faccia io se dalla Francia non ci viene più una buona commedia, e ci siamo ridotti a mettere in iscena commedie di Pirandello, che chi l'intende è bravo, fatte apposta di maniera che né attori né critici né pubblico ne restino mai contenti?

Gli Attori rideranno. E allora egli, alzandosi e venendo presso il Primo Attore, griderà:

Il berretto da cuoco, sissignore! E sbatta le uova! Lei crede, con codeste uova che sbatte, di non aver poi altro per le mani? Sta fresco! Ha da rappresentare il guscio delle uova che sbatte!

Gli Attori torneranno a ridere e si metteranno a far commenti tra loro ironicamente.

Silenzio! E prestino ascolto quando spiego!

Rivolgendosi di nuovo al Primo Attore:

Sissignore, il guscio: vale a dire la vuota forma della ragione, senza il pieno dell'istinto che è cieco! Lei è la ragione, e sua moglie l'istinto: in un giuoco di parti assegnate, per cui lei che rappresenta la sua parte è volutamente il fantoccio di se stesso. Ha capito?

IL PRIMO ATTORE

(aprendo le braccia). Io no!

IL CAPOCOMICO

(tornandosene al suo posto). E io nemmeno! Andiamo avanti, che poi mi loderete la fine!

In tono confidenziale:

Mi raccomando, si metta di tre quarti, perché se no, tra le astruserie del dialogo e lei che non si farà sentire dal pubblico, addio ogni cosa!

Battendo di nuovo le mani:

Attenzione, attenzione! Attacchiamo!

IL SUGGERITORE

Scusi, signor Direttore, permette che mi ripari col cupolino? Tira una cert'aria!

IL CAPOCOMICO

Ma sì, faccia, faccia!

L'Uscere del teatro sarà intanto entrato nella sala, col berretto gallonato in capo e, attraversato il corridojo fra le poltrone, si sarà appressato al palcoscenico per annunziare al Direttore-Capocomico l'arrivo dei Sei Personaggi, che, entrati anch'essi nella sala, si saranno messi a seguirlo, a una certa distanza, un po' smarriti e perplessi, guardandosi attorno.

Chi voglia tentare una traduzione scenica di questa commedia bisogna che s'adoperi con ogni mezzo a ottenere tutto l'effetto che questi Sei Personaggi non si confondano con gli Attori della Compagnia. La disposizione degli uni e degli altri, indicata nelle didascalie, allorché quelli saliranno sul palcoscenico, gioverà senza dubbio; come una diversa colorazione luminosa per mezzo di appositi riflettori. Ma il mezzo più efficace e idoneo, che qui si suggerisce, sarà l'uso di speciali maschere per i Personaggi: maschere espressamente costruite d'una materia che per il sudore non s'afflosci e non pertanto sia lieve agli Attori che dovranno portarle: lavorate e tagliate in modo che lascino liberi gli occhi, le narici e la bocca. S'interpreterà così anche il senso profondo della commedia. I Personaggi non dovranno infatti apparire come fantasmi, ma come realtà create, costruzioni della fantasia immutabili: e dunque più reali e consistenti della volubile naturalità degli Attori. Le maschere ajuteranno a dare l'impressione della figura costruita per arte e fissata ciascuna immutabilmente nell'espressione del proprio sentimento fondamentale, che è il rimorso per il Padre, la vendetta per la Figliastra, lo sdegno per il Figlio, il dolore per la Madre con fisse lagrime di cera nel livido delle occhiaje e lungo le gote, come si vedono nelle immagini scolpite e dipinte della Mater dolorosa nelle chiese. E sia anche il vestiario di stoffa e foggia speciale, senza stravaganza, con pieghe rigide e volume quasi statuario, e insomma di maniera che non dia l'idea che sia fatto d'una stoffa che si possa comperare in una qualsiasi bottega della città e tagliato e cucito in una qualsiasi sartoria.

Il Padre sarà sulla cinquantina: stempiato, ma non calvo, fulvo di pelo, con baffetti folti quasi acchiocciolati attorno alla bocca ancor fresca, aperta spesso a un sorriso incerto e vano. Pallido,

10

segnatamente nell'*ampia fronte; occhi azzurri ovati, lucidissimi
e arguti; vestirà calzoni chiari e giacca scura: a volte sarà mellifluo, a volte avrà scatti aspri e duri.*

La Madre *sarà come atterrita e schiacciata da un peso intollerabile di vergogna e d'avvilimento. Velata da un fitto crespo
vedovile, vestirà umilmente di nero, e quando solleverà il velo,
mostrerà un viso non patito, ma come di cera, e terrà sempre
gli occhi bassi.*
La Figliastra, *di diciotto anni, sarà spavalda, quasi impudente.
Bellissima, vestirà a lutto anche lei, ma con vistosa eleganza.
Mostrerà dispetto per l'aria timida, afflitta e quasi smarrita del
fratellino, squallido* Giovinetto *di quattordici anni, vestito anch'esso di nero; e una vivace tenerezza, invece, per la sorellina,
Bambina di circa quattro anni, vestita di bianco con una fascia
di seta nera alla vita.*

Il Figlio, *di ventidue anni, alto, quasi irrigidito in un contenuto
sdegno per il Padre e in un'accigliata indifferenza per la Madre, porterà un soprabito viola e una lunga fascia verde girata
attorno al collo.*

L'USCERE
(*col berretto in mano*). Scusi, signor Commendatore.

IL CAPOCOMICO
(*di scatto, sgarbato*). Che altro c'è?

L'USCERE
(*timidamente*). Ci sono qua certi signori, che chiedono di lei.

Il Capocomico *e gli Attori si volteranndo stupiti a guardare dal
palcoscenico giù nella sala.*

IL CAPOCOMICO
(*di nuovo sulle furie*). Ma io qua provo! E sapete bene che
durante la prova non deve passar nessuno!

Rivolgendosi in fondo:

Chi sono lor signori? Che cosa vogliono?

IL PADRE
(*facendosi avanti, seguito dagli altri, fino a una delle due scalette*). Siamo qua in cerca d'un autore.

IL CAPOCOMICO
(*fra stordito e irato*). D'un autore? Che autore?

IL PADRE
D'uno qualunque, signore.

IL CAPOCOMICO
Ma qui non c'è nessun autore, perché non abbiamo in prova nessuna commedia nuova.

LA FIGLIASTRA
(*con gaja vivacità, salendo di furia la scaletta*). Tanto meglio, tanto meglio, allora, signore! Potremmo esser noi la loro commedia nuova.

QUALCUNO DEGLI ATTORI
(*fra i vivaci commenti e le risate degli altri*). Oh, senti, senti!

IL PADRE
(*seguendo sul palcoscenico la Figliastra*). Già, ma se non c'è l'autore!

Al Capocomico:

Tranne che non voglia esser lei...

La Madre, con la Bambina per mano, e il Giovinetto saliranno i primi scalini della scaletta e resteranno lì in attesa. Il Figlio resterà sotto, scontroso.

IL CAPOCOMICO
Lor signori vogliono scherzare?

IL PADRE

No, che dice mai, signore! Le portiamo al contrario un dramma doloroso.

LA FIGLIASTRA

E potremmo essere la sua fortuna!

IL CAPOCOMICO

Ma mi facciano il piacere d'andar via, che non abbiamo tempo da perdere coi pazzi!

IL PADRE

(ferito e mellifluo). Oh, signore, lei sa bene che la vita è piena d'infinite assurdità, le quali sfacciatamente non han neppure bisogno di parer verosimili; perché sono vere.

IL CAPOCOMICO

Ma che diavolo dice?

IL PADRE

Dico che può stimarsi realmente una pazzia, sissignore, sforzarsi di fare il contrario; cioè, di crearne di verosimili, perché pajano vere. Ma mi permetta di farle osservare che, se pazzia è, questa è pur l'unica ragione del loro mestiere.

Gli Attori si agiteranno, sdegnati.

IL CAPOCOMICO

(alzandosi e squadrandolo). Ah sì? Le sembra un mestiere da pazzi, il nostro?

IL PADRE

Eh, far parer vero quello che non è; senza bisogno, signore: per giuoco... Non è loro ufficio dar vita sulla scena a personaggi fantasticati?

IL CAPOCOMICO

(subito, facendosi voce dello sdegno crescente dei suoi Attori).

Ma io la prego di credere che la professione del comico, caro signore, è una nobilissima professione! Se oggi come oggi i signori commediografi nuovi ci dànno da rappresentare stolide commedie e fantocci invece di uomini, sappia che è nostro vanto aver dato vita – qua, su queste tavole – a opere immortali!

Gli Attori, soddisfatti, approveranno e applaudiranno il loro Capocomico.

IL PADRE
(*interrompendo e incalzando con foga*). Ecco! benissimo! a esseri vivi, più vivi di quelli che respirano e vestono panni! Meno reali, forse; ma più veri! Siamo dello stessissimo parere!

Gli Attori si guardano tra loro, sbalorditi

IL DIRETTORE
Ma come! Se prima diceva...

IL PADRE
No, scusi, per lei dicevo, signore, che ci ha gridato di non aver tempo da perdere coi pazzi, mentre nessuno meglio di lei può sapere che la natura si serve da strumento della fantasia umana per proseguire, più alta, la sua opera di creazione.

IL CAPOCOMICO
Sta bene, sta bene. Ma che cosa vuol concludere con questo?

IL PADRE
Niente, signore. Dimostrarle che si nasce alla vita in tanti modi, in tante forme: albero o sasso, acqua o farfalla... o donna. E che si nasce anche personaggi!

IL CAPOCOMICO
(*con finto ironico stupore*). E lei, con codesti signori attorno, è nato personaggio?

IL PADRE
Appunto, signore. E vivi, come ci vede.

Il Capocomico e gli Attori scoppieranno a ridere, come per una burla.

IL PADRE
(*ferito*). Mi dispiace che ridano così, perché portiamo in noi, ripeto, un dramma doloroso, come lor signori possono argomentare da questa donna velata di nero.

Così dicendo porgerà la mano alla Madre per ajutarla a salire gli ultimi scalini e, seguitando a tenerla per mano, la condurrà con una certa tragica solennità dall'altra parte del palcoscenico, che s'illuminerà subito di una fantastica luce. La Bambina e il Giovinetto seguiranno la Madre; poi il Figlio, che si terrà discosto, in fondo; poi la Figliastra, che s'apparterà anche lei sul davanti, appoggiata all'arcoscenico. Gli Attori, prima stupefatti, poi ammirati di questa evoluzione, scoppieranno in applausi come per uno spettacolo che sia stato loro offerto.

IL CAPOCOMICO
(*prima sbalordito, poi sdegnato*). Ma via! Facciano silenzio!

Poi, rivolgendosi ai Personaggi:

E loro si levino! Sgombrino di qua!

Al Direttore di scena:

Perdio, faccia sgombrare!

IL DIRETTORE DI SCENA
(*facendosi avanti, ma poi fermandosi, come trattenuto da uno strano sgomento*). Via! Via!

IL PADRE
(*al Capocomico*). Ma no, veda, noi...

IL CAPOCOMICO
(*gridando*). Insomma, noi qua dobbiamo lavorare!

IL PRIMO ATTORE
Non è lecito farsi beffe così...

IL PADRE
(*risoluto, facendosi avanti*). Io mi faccio maraviglia della loro incredulità! Non sono forse abituati lor signori a vedere balzar vivi quassù, uno di fronte all'altro, i personaggi creati da un autore? Forse perché non c'è là

indicherà la buca del Suggeritore

un copione che ci contenga?

LA FIGLIASTRA
(*facendosi avanti al Capocomico, sorridente, lusingatrice*). Creda che siamo veramente sei personaggi, signore, interessantissimi! Quantunque, sperduti.

IL PADRE
(*scartandola*). Sì, sperduti, va bene!

Al Capocomico subito:

Nel senso, veda, che l'autore che ci creò, vivi, non volle poi, o non poté materialmente, metterci al mondo dell'arte. E fu un vero delitto, signore, perché chi ha la ventura di nascere personaggio vivo, può ridersi anche della morte. Non muore più! Morrà l'uomo, lo scrittore, strumento della creazione; la creatura non muore più! E per vivere eterna non ha neanche bisogno di straordinarie doti o di compiere prodigi. Chi era Sancho Panza? Chi era don Abbondio? Eppure vivono eterni, perché – vivi germi – ebbero la ven-

37

tura di trovare una matrice feconda, una fantasia che li seppe allevare e nutrire, far vivere per l'eternità!

IL CAPOCOMICO
Tutto questo va benissimo! Ma che cosa vogliono loro qua?

IL PADRE
Vogliamo vivere, signore!

IL CAPOCOMICO
(*ironico*). Per l'eternità?

IL PADRE
No, signore: almeno per un momento, in loro.

UN ATTORE
Oh, guarda, guarda!

LA PRIMA ATTRICE
Vogliono vivere in noi!

L'ATTOR GIOVANE
(*indicando la Figliastra*). Eh, per me volentieri, se mi toccasse quella lì!

IL PADRE
Guardino, guardino: la commedia è da fare;

al Capocomico:

ma se lei vuole e i suoi attori vogliono, la concerteremo subito tra noi!

IL CAPOCOMICO
(*seccato*). Ma che vuol concertare! Qua non si fanno di questi concerti! Qua si recitano drammi e commedie!

IL PADRE
E va bene! Siamo venuti appunto per questo qua da lei!

IL CAPOCOMICO
E dov'è il copione?

38

IL PADRE

È in noi, signore.

Gli attori rideranno.

Il dramma è in noi; siamo noi; e siamo impazienti di rappresentarlo, così come dentro ci urge la passione!

LA FIGLIASTRA

(*schernevole, con perfida grazia di caricata impudenza*). La passione mia, se lei sapesse, signore! La passione mia... per lui!

Indicherà il Padre e farà quasi per abbracciarlo; ma scoppierà poi in una stridula risata.

IL PADRE

(*con scatto iroso*). Tu statti a posto, per ora! E ti prego di non ridere così!

LA FIGLIASTRA

No? E allora mi permettano: benché orfana da appena due mesi, stiano a vedere lor signori come canto e come danzo!

Accennerà con malizia il «Prends garde à Tchou-Thin-Tchou» di Dave Stamper ridotto a Fox-trot o One-Step lento da Francis Salabert: la prima strofa, accompagnandola con passo di danza.

Les chinois sont un peuple malin,
De Shangaï à Pekin,
Ils ont mis des écriteaux partout:
Prenez garde à Tchou-Thin-Tchou!

Gli Attori, segnatamente i giovani, mentre ella canterà e ballerà, come attratti da un fascino strano, si moveranno verso lei e leveranno appena le mani quasi a ghermirla. Ella sfuggirà: e,

39

quando gli Attori scoppieranno in applausi, resterà, alla riprensione del Capocomico, come astratta e lontana.

GLI ATTORI E LE ATTRICI
(*ridendo e applaudendo*). Bene! Brava! Benissimo!

IL CAPOCOMICO
(*irato*). Silenzio! Si credono forse in un caffè-concerto?
Tirandosi un po' in disparte il Padre, con una certa costernazione:

Ma dica un po', è pazza?

IL PADRE
No, che pazza! È peggio!

LA FIGLIASTRA
(*subito accorrendo al Capocomico*). Peggio! Peggio! Eh altro,
signore! Peggio! Senta, per favore: ce lo faccia rappresentar subito, questo dramma, perché vedrà che a un certo
punto, io – quando questo amorino qua

*prenderà per mano la Bambina che se ne starà presso la Madre
e la porterà davanti al Capocomico*

– vede come è bellina?

la prenderà in braccio e la bacerà

cara! cara!

La rimetterà a terra e aggiungerà, quasi senza volere, commossa:

ebbene, quando quest'amorino qua, Dio la toglierà d'improvviso a quella povera madre: e quest'imbecillino qua

*spingerà avanti il Giovinetto, afferrandolo per una manica
sgarbatamente*

farà la più grossa delle corbellerie, proprio da quello stupido che è *lo ricaccerà con una spinta verso la Madre*

– allora vedrà che io prenderò il volo! Sissignore! prenderò il volo! il volo. E non mi par l'ora, creda, non mi par
l'ora! Perché, dopo quello che è avvenuto di molto intimo
tra me e lui

indicherà il Padre con un orribile ammiccamento

non posso più vedermi in questa compagnia, ad assistere
allo strazio di quella madre per quel tomo là

indicherà il Figlio

– lo guardi! lo guardi! – indifferente, gelido lui, perché è il
figlio legittimo, lui! pieno di sprezzo per me, per quello là,

indicherà il Giovinetto

per quella creaturina; ché siamo bastardi – ha capito? bastardi.

Si avvicinerà alla Madre e l'abbraccerà.

E questa povera madre – lui – che è la madre comune di
noi tutti – non la vuol riconoscere per madre anche sua –
e la considera dall'alto in basso, lui, come madre soltanto
di noi tre bastardi – vile!

*Dirà tutto questo, rapidamente, con estrema eccitazione, e ar-
rivata al «vile» finale, dopo aver gonfiato la voce sul «bastardi»,
lo pronunzierà piano, quasi sputandolo.*

LA MADRE
(con *infinita angoscia al Capocomico*). Signore, in nome di
queste due creaturine, la supplico...

si sentirà mancare e vacillerà

– oh Dio mio...

IL PADRE

(*accorrendo a sorreggerla con quasi tutti gli Attori sbalorditi e
costernati*). Per carità una sedia, una sedia a questa povera
vedova!

GLI ATTORI

(*accorrendo*). – Ma è dunque vero? – Sviene davvero?

IL CAPOCOMICO

Qua una sedia, subito!

*Uno degli Attori offrirà una sedia; gli altri si faranno attorno
premurosi. La Madre, seduta, cercherà d'impedire che il Padre
le sollevi il velo che le nasconde la faccia.*

IL PADRE

La guardi, signore, la guardi...

LA MADRE

Ma no, Dio, smettila!

IL PADRE

Làsciati vedere!

Le solleverà il velo.

LA MADRE

(*alzandosi e recandosi le mani al volto, disperatamente*). Oh,
signore, la supplico d'impedire a quest'uomo di ridurre a
effetto il suo proposito, che per me è orribile!

IL CAPOCOMICO

(*soprappreso, stordito*). Ma io non capisco più dove siamo,
né di che si tratti!

Al Padre:

Questa è la sua signora?

IL PADRE

(*subito*). Sissignore, mia moglie!

IL CAPOCOMICO

E com'è dunque vedova, se lei è vivo?

Gli Attori scaricheranno tutto il loro sbalordimento in una fragorosa risata.

IL PADRE

(*ferito, con aspro risentimento*). Non ridano! Non ridano così, per carità! È appunto questo il suo dramma, signore. Ella ebbe un altro uomo. Un altro uomo che dovrebbe esser qui!

LA MADRE

(*con un grido*). No! No!

LA FIGLIASTRA

Per sua fortuna è morto: da due mesi, glie l'ho detto. Ne portiamo ancora il lutto, come vede.

IL PADRE

Ma non è qui, veda, non già perché sia morto. Non è qui perché – la guardi, signore, per favore, e lo comprenderà subito! – Il suo dramma non poté consistere nell'amore di due uomini, per cui ella, incapace, non poteva sentir nulla – altro, forse, che un po' di riconoscenza (non per me: per quello!) – Non è una donna; è una madre! – E il suo dramma – (potente, signore, potente!) – consiste tutto, difatti, in questi quattro figli dei due uomini ch'ella ebbe.

LA MADRE

Io, li ebbi? Hai il coraggio di dire che fui io ad averli, come se li avessi voluti? Fu lui, signore! Me lo diede lui, quell'altro, per forza! Mi costrinse, mi costrinse ad andar via con quello!

LA FIGLIASTRA

(*di scatto, indignata*). Non è vero!

LA MADRE

(*sbalordita*). Come non è vero?

43

LA FIGLIASTRA
Non è vero! Non è vero!

LA MADRE
E che puoi saperne tu?

LA FIGLIASTRA
Non è vero!

Al Capocomico:

Non ci creda! Sa perché lo dice? Per quello lì

indicherà il Figlio

lo dice! Perché si macera, si strugge per la noncuranza di
quel figlio lì, a cui vuol dare a intendere che, se lo abban-
donò di due anni, fu perché lui

indicherà il Padre

la costrinse.

LA MADRE
(*con forza*). Mi costrinse, mi costrinse, e ne chiamo Dio in
testimonio!

Al Capocomico:

Lo domandi a lui

indicherà il marito

se non è vero! Lo faccia dire a lui!... Lei

indicherà la Figlia

non può saperne nulla.

LA FIGLIASTRA
So che con mio padre, finché visse, tu fosti sempre in pace e contenta. Negalo, se puoi!

LA MADRE

Non lo nego, no...

LA FIGLIASTRA

Sempre pieno d'amore e di cure per te!

Al Giovinetto, con rabbia:

Non è vero? Dillo! Perché non parli, sciocco?

LA MADRE

Ma lascia questo povero ragazzo! Perché vuoi farmi credere un'ingrata, figlia? Io non voglio mica offendere tuo padre! Ho risposto a lui, che non per mia colpa né per mio
piacere abbandonai la sua casa e mio figlio!

IL PADRE

È vero, signore. Fui io.

Pausa.

IL PRIMO ATTORE

(*ai suoi compagni*). Ma guarda che spettacolo!

LA PRIMA ATTRICE

Ce lo dànno loro, a noi!

L'ATTOR GIOVANE

Una volta tanto!

IL CAPOCOMICO

(*che comincerà a interessarsi vivamente*). Stiamo a sentire!
stiamo a sentire!

*E così dicendo, scenderà per una delle scalette nella sala e re-
sterà in piedi davanti al palcoscenico, come a cogliere, da spet-
tatore, l'impressione della scena.*

IL FIGLIO

(*senza muoversi dal suo posto, freddo, piano, ironico*). Sì, stìa-

45

no a sentire che squarcio di filosofia, adesso! Parlerà loro del Dèmone dell'Esperimento.

IL PADRE

Tu sei un cinico imbecille, e te l'ho detto cento volte!

Al Capocomico già nella sala:

Mi deride, signore, per questa frase che ho trovato in mia scusa.

IL FIGLIO

(*sprezzante*). Frasi.

IL PADRE

Frasi! Frasi! Come se non fosse il conforto di tutti, davanti a un fatto che non si spiega, davanti a un male che si consuma, trovare una parola che non dice nulla, e in cui ci si acquieta!

LA FIGLIASTRA

Anche il rimorso, già! sopra tutto.

IL PADRE

Il rimorso? Non è vero; non l'ho acquietato in me soltanto con le parole.

LA FIGLIASTRA

Anche con un po' di danaro, sì, sì, anche con un po' di danaro! Con le cento lire che stava per offrirmi in pagamento, signori!

Movimento d'orrore degli Attori.

IL FIGLIO

(con *disprezzo alla sorellastra*). Questo è vile!

LA FIGLIASTRA

Vile? Erano là, in una busta cilestrina sul tavolino di mogano, là nel retrobottega di Madama Pace. Sa, signore? una di quelle Madame che con la scusa di vendere *Robes et Manteaux* attirano nei loro *ateliers* noi ragazze povere, di buona famiglia.

IL FIGLIO

E s'è comperato il diritto di tiranneggiarci tutti, con quelle cento lire che lui stava per pagare, e che per fortuna non ebbe poi motivo – badi bene – di pagare.

LA FIGLIASTRA

Eh, ma siamo stati proprio lì lì, sai!

Scoppia a ridere.

LA MADRE

(*insorgendo*). Vergogna, figlia! Vergogna!

LA FIGLIASTRA

(*di scatto*). Vergogna? È la mia vendetta! Sto fremendo, signore, fremendo di viverla, quella scena! La camera... qua la vetrina dei mantelli; là, il divano-letto; la specchiera; un paravento; e davanti la finestra, quel tavolino di mogano con la busta cilestrina delle cento lire. La vedo! Potrei prenderla! Ma lor signori si dovrebbero voltare: son quasi nuda! Non arrossisco più, perché arrossisce lui adesso!

Indicherà il Padre.

Ma vi assicuro ch'era molto pallido, molto pallido in quel momento!

Al Capocomico:

Creda a me, signore!

IL CAPOCOMICO

Io non mi raccapezzo più!

IL PADRE

Sfido! Assaltato così! Imponga un po' d'ordine, signore, e lasci che parli io, senza prestare ascolto all'obbrobrio, che con tanta ferocia costei le vuol dare a intendere di me, senza le debite spiegazioni.

LA FIGLIASTRA

Qui non si narra! qui non si narra!

IL PADRE

Ma io non narro! voglio spiegargli.

LA FIGLIASTRA

Ah, bello, sì! A modo tuo!

Il Capocomico, a questo punto, risalirà sul palcoscenico per rimettere l'ordine.

IL PADRE

Ma se è tutto qui il male! Nelle parole! Abbiamo tutti dentro un mondo di cose; ciascuno un suo mondo di cose! E come possiamo intenderci, signore, se nelle parole ch'io dico metto il senso e il valore delle cose come sono dentro di me; mentre chi le ascolta, inevitabilmente le assume col senso e col valore che hanno per sé, del mondo com'egli l'ha dentro? Crediamo d'intenderci; non c'intendiamo mai! Guardi: la mia pietà, tutta la mia pietà per questa donna

indicherà la Madre

è stata assunta da lei come la più feroce delle crudeltà.

LA MADRE

Ma se m'hai scacciata!

IL PADRE

Ecco, la sente? Scacciata! Le è parso ch'io l'abbia scacciata!

LA MADRE

Tu sai parlare; io non so... Ma creda, signore, che dopo avermi sposata... chi sa perché (ero una povera, umile donna.. ˋ

IL PADRE

Ma appunto per questo, per la tua umiltà ti sposai, che amai in te, credendo.

S'interromperà alle negazioni di lei; aprirà le braccia, in atto disperato, vedendo l'impossibilità di farsi intendere da lei, e si rivolgerà al Capocomico:

No, vede? Dice di no! Spaventevole, signore, creda, spaventevole, la sua

si picchierà sulla fronte

sordità, sordità mentale! Cuore, sì, per i figli! Ma sorda, sorda di cervello, sorda, signore, fino alla disperazione!

LA FIGLIASTRA

Sì, ma si faccia dire, ora, che fortuna è stata per noi la sua intelligenza.

IL PADRE

Se si potesse prevedere tutto il male che può nascere dal bene che crediamo di fare!

A questo punto la Prima Attrice, che si sarà macerata vedendo il Primo Attore civettare con la Figliastra, si farà avanti e domanderà al Capocomico:

LA PRIMA ATTRICE

Scusi, signor Direttore, seguiterà la prova?

IL CAPOCOMICO

Ma sì! ma sì! Mi lasci sentire adesso!

L'ATTOR GIOVANE

È un caso così nuovo!

L'ATTRICE GIOVANE

Interessantissimo!

LA PRIMA ATTRICE

Per chi se n'interessa!

E lancerà un'occhiata al Primo Attore.

IL CAPOCOMICO

(*al Padre*). Ma bisogna che lei si spieghi chiaramente.

Si metterà a sedere.

IL PADRE

Ecco, sì. Veda, signore, c'era con me un pover'uomo, mio subalterno, mio segretario, pieno di devozione, che se la intendeva in tutto e per tutto con lei,

indicherà la Madre

senz'ombra di male – badiamo! – buono, umile come lei, incapaci l'uno e l'altra, non che di farlo, ma neppure di pensarlo, il male!

LA FIGLIASTRA

Lo pensò lui, invece, per loro – e lo fece!

IL PADRE

Non è vero! Io intesi di fare il loro bene – e anche il mio, sì, lo confesso! Signore, ero arrivato al punto che non potevo dire una parola all'uno o all'altra, che subito non si scambiassero tra loro uno sguardo d'intelligenza; che l'una non cercasse subito gli occhi dell'altro per consigliarsi, come si dovesse prendere quella mia parola, per non farmi arrabbiare. Bastava questo, lei lo capisce, per tenermi in una rabbia continua, in uno stato di esasperazione intollerabile!

IL CAPOCOMICO

E perché non lo cacciava via, scusi, quel suo segretario?

IL PADRE

Benissimo! Lo cacciai difatti, signore! Ma vidi allora questa povera donna restarmi per casa come sperduta, come una di quelle bestie senza padrone, che si raccolgono per carità.

LA MADRE

Eh, sfido!

IL PADRE

(*subito, voltandosi a lei, come per prevenire*). Figlio, è vero?

LA MADRE

Mi aveva tolto prima dal petto il figlio, signore.

IL PADRE

Ma non per crudeltà! Per farlo crescere sano e robusto, a contatto della terra!

LA FIGLIASTRA

(*additandolo, ironica*). E si vede!

IL PADRE

(*subito*). Ah, è anche colpa mia, se poi è cresciuto così? Lo avevo dato a balia, signore, in campagna, a una contadina, non parendomi lei forte abbastanza, benché di umili natali. È stata la stessa ragione, per cui avevo sposato lei. Ubbie, forse; ma che ci vuol fare? Ho sempre avuto di queste maledette aspirazioni a una certa solida sanità morale!

La Figliastra, a questo punto, scoppierà di nuovo a ridere fragorosamente.

Ma la faccia smettere! È insopportabile!

IL CAPOCOMICO

La smetta! Mi lasci sentire, santo Dio!

Subito, di nuovo, alla ripiensione del Capocomico, ella resterà come assorta e lontana, con la risata a mezzo. Il Capocomico ridiscenderà dal palcoscenico per cogliere l'impressione della scena.

IL PADRE

Io non potei più vedermi accanto questa donna.

Indicherà la Madre.

Ma non tanto, creda, per il fastidio, per l'afa – vera afa –
che ne avevo io, quanto per la pena – una pena angosciosa – che provavo per lei.

LA MADRE

E mi mandò via!

IL PADRE

Ben provvista di tutto, a quell'uomo, sissignore, – per li-
berarla di me!

LA MADRE

E liberarsi lui!

IL PADRE

Sissignore, anch'io – lo ammetto! E n'è seguito un gran
male. Ma a fin di bene io lo feci... e più per lei che per
me: lo giuro!

*Incrocerà le braccia sul petto; poi, subito, rivolgendosi alla Ma-
dre:*

Ti perdei mai d'occhio, di', ti perdei mai d'occhio, finché
colui non ti portò via, da un giorno all'altro, a mia insaputa, in un altro paese, scioccamente impressionato di
quel mio interessamento puro, puro, signore, creda, senza
il minimo secondo fine. M'interessai con una incredibile
tenerezza della nuova famigliuola che le cresceva. Glielo
può attestare anche lei!

Indicherà la Figliastra.

LA FIGLIASTRA

Eh, altro! Piccina piccina, sa? con le treccine sulle spalle e
le mutandine più lunghe della gonna – piccina così – me

lo vedevo davanti al portone della scuola, quando ne usci-
vo. Veniva a vedermi come crescevo...

IL PADRE

Questo è perfido! Infame!

LA FIGLIASTRA

No, perché?

IL PADRE

Infame! Infame!

Subito, concitatamente, al Capocomico, in tono di spiegazione:

La mia casa, signore, andata via lei,

indicherà la Madre

mi parve subito vuota. Era il mio incubo; ma me la riem-
piva! Solo, mi ritrovai per le stanze come una mosca senza
capo. Quello lì,

indicherà il Figlio

allevato fuori – non so – appena ritornato in casa, non mi
parve più mio. Mancata tra me e lui la madre, è cresciuto
per sé, a parte, senza nessuna relazione né affettiva né in-
tellettuale con me. E allora (sarà strano, signore, ma è così), io fui incuriosito prima, poi man mano attratto verso
la famigliuola di lei, sorta per opera mia: il pensiero di essa cominciò a riempire il vuoto che mi sentivo attorno.
Avevo bisogno, proprio bisogno di crederla in pace, tutta
intesa alle cure più semplici della vita, fortunata perché
fuori e lontana dai complicati tormenti del mio spirito. E
per averne una prova, andavo a vedere quella bambina al-
l'uscita della scuola.

LA FIGLIASTRA

Già! Mi seguiva per via: mi sorrideva e, giunta a casa, mi

salutava con la mano – così! Lo guardavo con tanto d'occhi, scontrosa. Non sapevo chi fosse! Lo dissi alla mamma. E lei dovette subito capire ch'era lui.

La Madre farà cenno di sì col capo.

Dapprima non volle mandarmi più a scuola, per parecchi giorni. Quando ci tornai, lo rividi all'uscita – buffo! – con un involtone di carta tra le mani. Mi s'avvicinò, mi carezzò; e trasse da quell'involto una bella, grande paglia di Firenze con una ghirlandina di roselline di maggio – per me!

IL CAPOCOMICO
Ma tutto questo è racconto, signori miei!

IL FIGLIO
(*sprezzante*). Ma sì, letteratura! letteratura!

IL PADRE
Ma che letteratura! Questa è vita, signore! Passione!

IL CAPOCOMICO
Sarà! Ma irrappresentabile!

IL PADRE
D'accordo, signore! Perché tutto questo è antefatto. E io non dico di rappresentar questo. Come vede, infatti, lei

indicherà la Figliastra

non è più quella ragazzetta con le treccine sulle spalle –

LA FIGLIASTRA
– e le mutandine fuori della gonna!

IL PADRE
Il dramma viene adesso, signore! Nuovo, complesso. –

LA FIGLIASTRA
(*cupa, fiera, facendosi avanti*) – Appena morto mio padre.

IL PADRE

(*subito, per non darle tempo di parlare*). ... la miseria, signore! Ritornano qua, a mia insaputa. Per la stolidaggine di lei.

Indicherà la Madre.

Sa scrivere appena; ma poteva farmi scrivere dalla figlia, da quel ragazzo, che erano in bisogno!

LA MADRE

Mi dica lei, signore, se potevo indovinare in lui tutto questo sentimento.

IL PADRE

Appunto questo è il tuo torto, di non aver mai indovinato nessuno dei miei sentimenti!

LA MADRE

Dopo tanti anni di lontananza, e tutto ciò che era accaduto...

IL PADRE

E che è colpa mia, se quel brav'uomo vi portò via così?

Rivolgendosi al Capocomico:

Le dico, da un giorno all'altro... perché aveva trovato fuori non so che collocamento. Non mi fu possibile rintracciarli; e allora per forza venne meno il mio interessamento, per tanti anni. Il dramma scoppia, signore, impreveduto e violento, al loro ritorno; allorché io, purtroppo, condotto dalla miseria della mia carne ancora viva... Ah, miseria, miseria veramente, per un uomo solo, che non abbia voluto legami avvilenti; non ancor tanto vecchio da poter fare a meno della donna, e non più tanto giovane da poter facilmente e senza vergogna andarne in cerca! Miseria? Che dico! orrore, orrore: perché nessuna donna più gli può dare amore. – E quando si capisce questo, se ne dovrebbe fare a meno... Mah! Signore, ciascuno – fuori, davanti agli altri – è vestito di dignità: ma dentro di sé sa bene tutto ciò che nell'intimità con se stesso si passa, d'inconfessabile. Si cede, si cede alla tentazione; per rialzarcene subito dopo, magari, con una gran fretta di ricomporre intera e solida, come una pietra su una fossa, la nostra dignità, che nasconde e seppellisce ai nostri stessi occhi ogni segno e il ricordo stesso della vergogna. È così di tutti! Manca solo il coraggio di dirle, certe cose!

LA FIGLIASTRA
Perché quello di farle, poi, lo hanno tutti!

IL PADRE
Tutti! Ma di nascosto! E perciò ci vuol più coraggio a dirle! Perché basta che uno le dica – è fatta! – gli s'appioppa la taccia di cinico. Mentre non è vero, signore: è come tutti gli altri; migliore, migliore anzi, perché non ha paura di scoprire col lume dell'intelligenza il rosso della vergogna, là, nella bestialità umana, che chiude sempre gli occhi per non vederlo. La donna – ecco – la donna, infatti, com'è? Ci guarda, aizzosa, invitante. La afferri! Appena stretta, chiude subito gli occhi. È il segno della sua dedizione. Il segno con cui dice all'uomo: «Accècati, io son cieca!».

LA FIGLIASTRA
E quando non li chiude più? Quando non sente più bisogno di nascondere a se stessa, chiudendo gli occhi, il rosso della sua vergogna, e invece vede, con occhi ormai aridi e impassibili, quello dell'uomo, che pur senz'amore s'è accecato? Ah, che schifo, allora che schifo di tutte codeste complicazioni intellettuali, di tutta codesta filosofia che scopre la bestia e poi la vuol salvare, scusare... Non posso

sentirlo, signore! Perché quando si è costretti a «semplificarla» la vita – così, bestialmente – buttando via tutto l'ingombro «umano» d'ogni casta aspirazione, d'ogni puro sentimento, idealità, doveri, il pudore, la vergogna, niente fa più sdegno e nausea di certi rimorsi: lagrime di coccodrillo!

IL CAPOCOMICO

Veniamo al fatto, veniamo al fatto, signori miei! Queste son discussioni!

IL PADRE

Ecco, sissignore! Ma un fatto è come un sacco: vuoto, non si regge. Perché si regga, bisogna prima farci entrar dentro la ragione e i sentimenti che lo han determinato. Io non potevo sapere che, morto là quell'uomo, e ritornati essi qua in miseria, per provvedere al sostentamento dei figliuoli, ella

indicherà la Madre

si fosse data attorno a lavorare da sarta, e che giusto fosse andata a prender lavoro da quella... da quella Madama Pace!

LA FIGLIASTRA

Sarta fina, se lor signori lo vogliono sapere! Serve in apparenza le migliori signore, ma ha tutto disposto, poi, perché queste migliori signore servano viceversa a lei... senza pregiudizio delle altre così così!

LA MADRE

Mi crederà, signore, se le dico che non mi passò neppur lontanamente per il capo il sospetto che quella megera mi dava lavoro perché aveva adocchiato mia figlia...

LA FIGLIASTRA

Povera mamma! Sa, signore, che cosa faceva quella lì, appena le riportavo il lavoro fatto da lei? Mi faceva notare la roba che aveva sciupata, dandola a cucire a mia madre; e diffalcava, diffalcava. Cosicché, lei capisce, pagavo io, mentre quella poverina credeva di sacrificarsi per me e per quei due, cucendo anche di notte la roba di Madama Pace!

Azione ed esclamazioni di sdegno degli Attori.

IL CAPOCOMICO
(*subito*). E là, lei, un giorno, incontrò –

LA FIGLIASTRA
(*indicando il Padre*). – lui, lui, sissignore! vecchio cliente! Vedrà che scena da rappresentare! Superba!

IL PADRE
Col sopravvenire di lei, della madre –

LA FIGLIASTRA
(*subito, perfidamente*). – quasi a tempo! –

IL PADRE
(*gridando*). – no, a tempo, a tempo! Perché, per fortuna, la riconosco a tempo! E me li riporto tutti a casa, signore! Lei s'immagini, ora, la situazione mia e la sua, una di fronte all'altro: ella, così come la vede· e io che non posso più alzarle gli occhi in faccia!

LA FIGLIASTRA
Buffissimo! Ma possibile, signore, pretendere da me – «dopo» – che me ne stessi come una signorinetta modesta, bene allevata e virtuosa, d'accordo con le sue maledette aspirazioni «a una solida sanità morale»?

IL PADRE
Il dramma per me è tutto qui, signore: nella coscienza che ho, che ciascuno di noi – veda – si crede «uno» ma non è vero: è «tanti», signore, «tanti», secondo tutte le possibilità

58

d'essere che sono in noi: «uno» con questo, «uno» con quello – diversissimi! E con l'illusione, intanto, d'esser sempre «uno per tutti», e sempre «quest'uno» che ci crediamo, in ogni nostro atto. Non è vero! non è vero! Ce n'accorgiamo bene, quando in qualcuno dei nostri atti, per un caso sciaguratissimo, restiamo all'improvviso come agganciati e sospesi: ci accorgiamo, voglio dire, di non esser tutti in quell'atto, e che dunque una atroce ingiustizia sarebbe giudicarci da quello solo, tenerci agganciati e sospesi, alla gogna, per una intera esistenza, come se questa fosse assommata tutta in quell'atto! Ora lei intende la perfidia di questa ragazza? M'ha sorpreso in un luogo, in un atto, dove e come non doveva conoscermi, come io non potevo essere per lei; e mi vuol dare una realtà, quale io non potevo mai aspettarmi che dovessi assumere per lei, in un momento fugace, vergognoso, della mia vita! Questo, questo, signore, io sento sopra tutto. E vedrà che da questo il dramma acquisterà un grandissimo valore. Ma c'è poi la situazione degli altri! Quella sua...

indicherà il Figlio.

IL FIGLIO
(*scrollandosi sdegnosamente*). Ma lascia star me, ché io non c'entro!

IL PADRE
Come non c'entri?

IL FIGLIO
Non c'entro, e non voglio entrarci, perché sai bene che non son fatto per figurare qua in mezzo a voi!

LA FIGLIASTRA
Gente volgare, noi! – Lui, fino! – Ma lei può vedere, signore, che tante volte io lo guardo per inchiodarlo col

mio disprezzo, e tante volte egli abbassa gli occhi – perché sa il male che m'ha fatto.

IL FIGLIO

(*guardandola appena*). Io?

LA FIGLIASTRA

Tu! tu! Lo devo a te, caro, il marciapiedi! a te!

Azione d'orrore degli Attori.

Vietasti, sì o no, col tuo contegno – non dico l'intimità della casa – ma quella carità che leva d'impaccio gli ospiti? Fummo gli intrusi, che venivamo a invadere il regno della tua «legittimità»! Signore, vorrei farlo assistere a certe scenette a quattr'occhi tra me e lui! Dice che ho tiranneggiato tutti. Ma vede? È stato proprio per codesto suo contegno, se mi sono avvalsa di quella ragione ch'egli chiama «vile»; la ragione per cui entrai nella casa di lui con mia madre – che è anche sua madre – da padrona!

IL FIGLIO

(*facendosi avanti lentamente*). Hanno tutti buon giuoco, signore, una parte facile tutti contro di me. Ma lei s'immagini un figlio, a cui un bel giorno, mentre se ne sta tranquillo a casa, tocchi di veder arrivare, tutta spavalda, così, «con gli occhi alti», una signorina che gli chiede del padre, a cui ha da dire non so che cosa; e poi la vede ritornare, sempre con la stess'aria, accompagnata da quella piccolina là; e infine trattare il padre – chi sa perché – in modo molto ambiguo e «sbrigativo» chiedendo danaro, con un tono che lascia supporre che lui deve, deve darlo, perché ha tutto l'obbligo di darlo –

IL PADRE

– ma l'ho difatti davvero, quest'obbligo: è per tua madre!

IL FIGLIO

E che ne so io? Quando mai l'ho veduta, io, signore?
Quando mai ne ho sentito parlare? Me la vedo comparire,
un giorno, con lei,

indicherà la Figliastra

con quel ragazzo, con quella bambina; mi dicono: «Oh sai?
è anche tua madre!». Riesco a intravedere dai suoi modi

indicherà di nuovo la Figliastra

per quel motivo, così da un giorno all'altro, sono entrati
in casa... Signore, quello che io provo, quello che sento,
non posso e non voglio esprimerlo. Potrei al massimo con-
fidarlo, e non vorrei neanche a me stesso. Non può dunque dar luogo, come vede, a nessuna azione da parte mia.
Creda, creda, signore, che io sono un personaggio non
«realizzato» drammaticamente; e che sto male, malissimo,
in loro compagnia! – Mi lascino stare!

IL PADRE

Ma come? Scusa! Se proprio perché tu sei così –

IL FIGLIO

(*con esasperazione violenta*). – e che ne sai tu, come sono?
quando mai ti sei curato di me?

IL PADRE

Ammesso! Ammesso! E non è una situazione anche questa? Questo tuo appartarti, così crudele per me, per tua madre che, rientrata in casa, ti vede quasi per la prima volta,
così grande, e non ti conosce, ma sa che tu sei suo figlio...

Additando la Madre al Capocomico

Eccola, guardi: piange!

LA FIGLIASTRA

(*con rabbia, pestando un piede*). Come una stupida!

IL PADRE
(*subito additando anche lei al Capocomico*). E lei non può
soffrirlo, si sa!

Tornando a riferirsi al Figlio:

– Dice che non c'entra, mentre è lui quasi il pernio dell'a-
zione! Guardi quel ragazzo, che se ne sta sempre presso la
madre, sbigottito, umiliato... È così per causa di lui! Forse
la situazione più penosa è la sua: si sente estraneo, più di
tutti; e prova, poverino, una mortificazione angosciosa di
essere accolto in casa – così per carità...

In confidenza:

Somiglia tutto al padre! Umile; non parla...

IL CAPOCOMICO
Eh, ma non è mica bello! Lei non sa che impaccio dànno
i ragazzi sulla scena.

IL PADRE
Oh, ma lui glielo leva subito, l'impaccio, sa! E anche
quella bambina, che è anzi la prima ad andarsene...

IL CAPOCOMICO
Benissimo, sì! E le assicuro che tutto questo m'interessa,
m'interessa vivamente. Intuisco, intuisco che c'è materia
da cavarne un bel dramma!

LA FIGLIASTRA
(*tentando d'intromettersi*). Con un personaggio come me!

IL PADRE
(*scacciandola, tutto in ansia come sarà, per la decisione del
Capocomico*). Stai zitta, tu!

IL CAPOCOMICO
(*seguitando, senza badare all'interruzione*). Nuova, sì...

IL PADRE
Eh, novissima, signore!

IL CAPOCOMICO
Ci vuole un bel coraggio però – vi dico – venire a buttarmelo davanti così...

IL PADRE
Capirà, signore: nati, come siamo, per la scena..

IL CAPOCOMICO
Sono comici dilettanti?

IL PADRE
No, dico nati per la scena, perché...

IL CAPOCOMICO
Eh via, lei deve aver recitato!

IL PADRE
Ma no, signore: quel tanto che ciascuno recita nella parte che si è assegnata, o che gli altri gli hanno assegnato nella vita. E in me, poi, è la passione stessa, veda, che diventa sempre, da sé, appena si esalti – come in tutti – un po' teatrale...

IL CAPOCOMICO
Lasciamo andare, lasciamo andare! – Capirà, caro signore, che senza l'autore... – Io potrei indirizzarla a qualcuno...

IL PADRE
Ma no, guardi: sia lei!

IL CAPOCOMICO
Io? Ma che dice?

IL PADRE
Sì, lei! lei! Perché no?

IL CAPOCOMICO
Perché non ho mai fatto l'autore, io!

IL PADRE

E non potrebbe farlo adesso, scusi? Non ci vuol niente. Lo fanno tanti! Il suo compito è facilitato dal fatto che siamo qua, tutti, vivi, davanti a lei.

IL CAPOCOMICO

Ma non basta!

IL PADRE

Come non basta? Vedendoci vivere il nostro dramma...

IL CAPOCOMICO

Già! Ma ci vorrà sempre qualcuno che lo scriva!

IL PADRE

No – che lo trascriva, se mai, avendolo così davanti – in azione – scena per scena. Basterà stendere in prima, appena appena, una traccia – e provare!

IL CAPOCOMICO

(risalendo, tentato, sul palcoscenico). Eh... quasi quasi, mi tenta... Così, per un giuoco... Si potrebbe veramente provare...

IL PADRE

Ma sì, signore! Vedrà che scene verranno fuori! Gliele posso segnar subito io!

IL CAPOCOMICO

Mi tenta... mi tenta. Proviamo un po'... Venga qua con me nel mio camerino.

Rivolgendosi agli Attori:

– Loro restano per un momento in libertà; ma non s'allontanino di molto. Fra un quarto d'ora, venti minuti, siamo di nuovo qua.

Al Padre:

64

Vediamo, tentiamo... Forse potrà venir fuori veramente qualcosa di straordinario...

IL PADRE

Ma senza dubbio! Sarà meglio, non crede? far venire anche loro.

Indicherà gli altri Personaggi.

IL CAPOCOMICO

Sì, vengano, vengano!

S'avvierà; ma poi tornando a rivolgersi agli Attori:

– Mi raccomando, eh! puntuali! Fra un quarto d'ora.

Il Capocomico e i Sei Personaggi attraverseranno il palcoscenico e scompariranno. Gli Attori resteranno, come storditi, a guardarsi tra loro.

IL PRIMO ATTORE

Ma dice sul serio? Che vuol fare?

L'ATTOR GIOVANE

Questa è pazzia bell'e buona!

UN TERZO ATTORE

Ci vuol fare improvvisare un dramma, così su due piedi?

L'ATTOR GIOVANE

Già! Come i Comici dell'Arte!

LA PRIMA ATTRICE

Ah, se crede che io debba prestarmi a simili scherzi...

L'ATTRICE GIOVANE

Ma non ci sto neanch'io!

UN QUARTO ATTORE

Vorrei sapere chi sono quei là.

Alluderà ai Personaggi.

IL TERZO ATTORE

Che vuoi che siano! Pazzi o imbroglioni!

L'ATTOR GIOVANE

E lui si presta a dar loro ascolto?

L'ATTRICE GIOVANE

La vanità! La vanità di figurare da autore...

IL PRIMO ATTORE

Ma cose inaudite! Se il teatro, signori miei, deve ridursi a questo...

UN QUINTO ATTORE

Io mi ci diverto!

IL TERZO ATTORE

Mah! Dopo tutto, stiamo a vedere che cosa ne nasce.

E così conversando tra loro, gli Attori sgombreranno il palcoscenico, parte uscendo dalla porticina in fondo, parte rientrando nei loro camerini.

Il sipario resterà alzato.

La rappresentazione sarà interrotta per una ventina di minuti.

alla 77

*I campanelli del teatro avviseranno che la rappresentazione rico-
mincia.*
*Dai camerini, dalla porta e anche dalla sala ritorneranno sul pal-
coscenico gli Attori, il Direttore di scena, il Macchinista, il Suggeritore, il Trovarobe e, contemporaneamente, dal suo camerino il
Direttore-Capocomico coi Sei Personaggi.*
Spenti i lumi della sala, si rifarà sul palcoscenico la luce di prima.

IL CAPOCOMICO
   Su, su, signori! Ci siamo tutti? Attenzione, attenzione. Si
   comincia! – Macchinista!

IL MACCHINISTA
   Eccomi qua!

IL CAPOCOMICO
   Disponga subito la scena della saletta. Basteranno due
   fiancate e un fondalino con la porta. Subito, mi raccomando!

*Il Macchinista correrà subito ad eseguire, e mentre il Capoco-
mico s'intenderà col Direttore di scena, col Trovarobe, col
Suggeritore e con gli Attori intorno alla rappresentazione immi-
nente, disporrà quel simulacro di scena indicata: due fiancate e
un fondalino con la porta, a strisce rosa e oro.*

IL CAPOCOMICO
(al Trovarobe). Lei veda un po' se c'è in magazzino un letto a sedere.

IL TROVAROBE
Sissignore, c'è quello verde.

LA FIGLIASTRA
No no, che verde! Era giallo, fiorato, di «peluche», molto grande! Comodissimo.

IL TROVAROBE
Eh, così non c'è.

IL CAPOCOMICO
Ma non importa! metta quello che c'è.

LA FIGLIASTRA
Come non importa? La greppina famosa di Madama Pace!

IL CAPOCOMICO
Adesso è per provare! La prego, non s'immischi!

Al Direttore di scena:

Guardi se c'è una vetrina piuttosto lunga e bassa.

LA FIGLIASTRA
Il tavolino, il tavolino di mogano per la busta cilestrina!

IL DIRETTORE DI SCENA
(al Capocomico). C'è quello piccolo, dorato.

IL CAPOCOMICO
Va bene, prenda quello!

IL PADRE
Una specchiera.

LA FIGLIASTRA
E il paravento! Un paravento, mi raccomando: se no, come faccio?

IL DIRETTORE DI SCENA
Sissignora, paraventi ne abbiamo tanti, non dubiti.

IL CAPOCOMICO
(*alla Figliastra*). Poi qualche attaccapanni, è vero?

LA FIGLIASTRA
Sì, molti, molti!

IL CAPOCOMICO
(*al Direttore di scena*). Veda quanti ce n'è, e li faccia portare.

IL DIRETTORE DI SCENA
Sissignore, penso io!

Il Direttore di scena correrà anche lui a eseguire: e, mentre il Capocomico seguiterà a parlare col Suggeritore e poi coi Personaggi e gli Attori, farà trasportare i mobili indicati dai Servi di scena e li disporrà come crederà più opportuno.

IL CAPOCOMICO
(*al Suggeritore*). Lei, intanto, prenda posto. Guardi: questa è la traccia delle scene, atto per atto.

Gli porgerà alcuni fogli di carta.

Ma bisogna che ora lei faccia una bravura.

IL SUGGERITORE
Stenografare?

IL CAPOCOMICO
(*con lieta sorpresa*). Ah, benissimo! Conosce la stenografia?

IL SUGGERITORE
Non saprò suggerire; ma la stenografia...

IL CAPOCOMICO
Ma allora di bene in meglio!

Rivolgendosi a un Servo di scena:

Vada a prendere la carta nel mio camerino – molta, molta – quanta ne trova!

Il Servo di scena correrà, e ritornerà poco dopo con un bel fascio di carta, che porgerà al Suggeritore.

IL CAPOCOMICO
(*seguitando, al Suggeritore*). Segua le scene, man mano che saranno rappresentate, e cerchi di fissare le battute, almeno le più importanti!

Poi, rivolgendosi agli Attori:

Sgombrino, signori! Ecco, si mettano da questa parte

indicherà la sinistra

e stiano bene attenti!

LA PRIMA ATTRICE
Ma, scusi, noi...

IL CAPOCOMICO
(*prevenendola*). Non ci sarà da improvvisare, stia tranquilla!

IL PRIMO ATTORE
E che dobbiamo fare?

IL CAPOCOMICO
Niente! Stare a sentire e guardare per ora! Avrà ciascuno, poi, la sua parte scritta. Ora si farà, così alla meglio, una prova! La faranno loro!

Indicherà i Personaggi.

IL PADRE
(*come cascato dalle nuvole, in mezzo alla confusione del palcoscenico*). Noi? Come sarebbe a dire, scusi, una prova?

IL CAPOCOMICO
Una prova – una prova per loro!

Indicherà gli Attori.

IL PADRE
Ma se i personaggi siamo noi...

IL CAPOCOMICO
E va bene: «i personaggi»; ma qua, caro signore, non recitano i personaggi. Qua recitano gli attori. I personaggi stanno lì nel copione

indicherà la buca del Suggeritore

– quando c'è un copione!

IL PADRE
Appunto! Poiché non c'è e lor signori hanno la fortuna d'averli qua vivi davanti, i personaggi...

IL CAPOCOMICO
Oh bella! Vorrebbero far tutto da sé? recitare, presentarsi loro davanti al pubblico?

IL PADRE
Eh già, per come siamo.

IL CAPOCOMICO
Ah, le assicuro che offrirebbero un bellissimo spettacolo!

IL PRIMO ATTORE
E che ci staremmo a far nojaltri, qua, allora?

IL CAPOCOMICO
Non s'immagineranno mica di saper recitare loro! Fanno ridere...

Gli Attori, difatti, rideranno.

Ecco, vede, ridono!

Sovvenendosi:

Ma già, a proposito! bisognerà assegnar le parti. Oh, è facile: sono già di per sé assegnate:

alla Seconda Donna:

lei signora, *La Madre.*

Al Padre.

Bisognerà trovarle un nome.

IL PADRE
Amalia, signore.

IL CAPOCOMICO
Ma questo è il nome della sua signora. Non vorremo mica chiamarla col suo vero nome!

IL PADRE
E perché no, scusi? se si chiama così... Ma già, se dev'essere la signora...

Accennerà appena con la mano alla Seconda Donna.

Io vedo questa

accennerà alla Madre

come Amalia, signore. Ma faccia lei...

Si smarrirà sempre più.

Non so più che dirle... Comincio già... non so, a sentir come false, con un altro suono, le mie stesse parole.

IL CAPOCOMICO
Ma non se ne curi, non se ne curi, quanto a questo! Penseremo noi a trovare il tono giusto! E per il nome, se lei

vuole «Amalia», sarà Amalia; o ne troveremo un altro. Per adesso designeremo i personaggi così:

all'Attor Giovane:

lei *Il Figlio*;

alla Prima Attrice:

lei, signorina, s'intende, *La Figliastra.*

LA FIGLIASTRA
(*esilarata*). Come come? Io, quella lì?

Scoppierà a ridere.

IL CAPOCOMICO
(*irato*). Che cos'ha da ridere?

LA PRIMA ATTRICE
(*indignata*). Nessuno ha mai osato ridersi di me! Pretendo che mi si rispetti, o me ne vado!

LA FIGLIASTRA
Ma no, scusi, io non rido di lei.

IL CAPOCOMICO
(*alla Figliastra*). Dovrebbe sentirsi onorata d'esser rappresentata da...

LA PRIMA ATTRICE
(*subito, con sdegno*). – «quella lì!»

LA FIGLIASTRA
Ma non dicevo per lei, creda! dicevo per me, che non mi vedo affatto in lei, ecco. Non so, non... non m'assomiglia per nulla!

IL PADRE
Già, è questo; veda, signore! La nostra espressione –

IL CAPOCOMICO

– ma che loro espressione! Credono d'averla in sé, loro, l'espressione? Nient'affatto!

IL PADRE

Come! Non abbiamo la nostra espressione?

IL CAPOCOMICO

Nient'affatto! La loro espressione diventa materia qua, a cui dan corpo e figura, voce e gesto gli attori, i quali – per sua norma – han saputo dare espressione a ben più alta materia: dove la loro è così piccola, che se si reggerà sulla scena, il merito, creda pure, sarà tutto dei miei attori.

IL PADRE

Non oso contraddirla, signore. Ma creda che è una soffe-renza orribile per noi che siamo così come ci vede, con questo corpo, con questa figura –

IL CAPOCOMICO

(*troncando, spazientito*). – ma si rimedia col trucco, si rime-dia col trucco, caro signore, per ciò che riguarda la figura!

IL PADRE

Già; ma la voce, il gesto –

IL CAPOCOMICO

– oh, insomma! Qua lei, come lei, non può essere! Qua c'è l'attore che lo rappresenta; e basta!

IL PADRE

Ho capito, signore. Ma ora forse indovino anche perché il nostro autore, che ci vide vivi così, non volle poi compor-ci per la scena. Non voglio fare offesa ai suoi attori. Dio me ne guardi! Ma penso che a vedermi adesso rappresen-tato... – non so da chi...

IL PRIMO ATTORE

(*con alterigia alzandosi e venendogli incontro, seguito dalle gaje giovani Attrici che rideranno*). Da me, se non le dispiace.

IL PADRE

(*umile e mellifluo*). Onoratissimo, signore.

S'inchinerà.

Ecco, penso che, per quanto il signore s'adoperi con tutta la sua volontà e tutta la sua arte ad accogliermi in sé...

Si smarrirà.

IL PRIMO ATTORE

Concluda, concluda.

Risata delle Attrici.

IL PADRE

Eh, dico, la rappresentazione che farà – anche forzandosi col trucco a somigliarmi... – dico, con quella statura...

tutti gli Attori rideranno

difficilmente potrà essere una rappresentazione di me, com'io realmente sono. Sarà piuttosto – a parte la figura – sarà piuttosto com'egli interpreterà ch'io sia, com'egli mi sentirà – se mi sentirà – e non com'io dentro di me mi sento. E mi pare che di questo, chi sia chiamato a giudicare di noi, dovrebbe tener conto.

IL CAPOCOMICO

Si dà pensiero dei giudizi della critica adesso? E io che stavo ancora a sentire! Ma lasci che dica, la critica. E noi pensiamo piuttosto a metter su la commedia, se ci riesce!

Staccandosi e guardando in giro:

Su, su! È già disposta la scena?

Agli Attori e ai Personaggi:

Si levino, si levino d'attorno! Mi lascino vedere.

Discenderà dal palcoscenico.

Non perdiamo altro tempo!

Alla Figliastra:

Le pare che la scena stia bene così?

LA FIGLIASTRA
Mah! io veramente non mi ci ritrovo.

IL CAPOCOMICO
E dàlli! Non pretenderà che le si edifichi qua, tal quale, quel retrobottega che lei conosce, di Madame Pace!

Al Padre:

M'ha detto una saletta a fiorami?

IL PADRE
Sissignore. Bianca.

IL CAPOCOMICO
Non è bianca; è a strisce; ma poco importa! Per i mobili, su per giù, mi pare che ci siamo! Quel tavolinetto, lo portino un po' più qua davanti!

I Servi di scena eseguiranno.

Al Trovarobe:

Lei provveda intanto una busta, possibilmente cilestrina, e la dia al signore.

Indicherà il Padre.

IL TROVAROBE
Da lettere?

IL CAPOCOMICO E IL PADRE
Da lettere, da lettere.

IL TROVAROBE
Subito!

Escirà.

IL CAPOCOMICO
Su, su! La prima scena è della Signorina.

La prima Attrice si farà avanti.

Ma no, aspetti, lei! dicevo alla Signorina.

Indicherà la Figliastra.

Lei starà a vedere –

LA FIGLIASTRA
(*subito aggiungendo*). – come la vivo!

LA PRIMA ATTRICE
(*risentita*). Ma saprò viverla anch'io, non dubito, appena mi ci metto!

IL CAPOCOMICO
(*con le mani alla testa*). Signori miei, non facciamo altre chiacchiere! Dunque, la prima scena è della Signorina con Madama Pace. Oh,

si smarrirà, guardandosi attorno e risalirà sul palcoscenico

e questa Madama Pace?

IL PADRE
Non è con noi, signore.

IL CAPOCOMICO
E come si fa?

IL PADRE
Ma è viva, viva anche lei!

IL CAPOCOMICO
Già! Ma dov'è?

77

IL PADRE
Ecco, mi lasci dire

Rivolgendosi alle Attrici:

Se loro signore mi volessero far la grazia di darmi per un momento i loro cappellini.

LE ATTRICI
(*un po' sorprese, un po' ridendo, a coro*). – Che?
– I cappellini?
– Che dice?
– Perché?
– Ah, guarda!

IL CAPOCOMICO
Che vuol fare coi cappellini delle signore?

Gli Attori rideranno.

IL PADRE
Oh nulla, posarli per un momento su questi attaccapanni. E qualcuna dovrebbe essere così gentile di levarsi anche il mantello.

GLI ATTORI
(*c. s.*). – Anche il mantello?
– E poi?
– Dev'esser matto!

QUALCHE ATTRICE
(*c. s.*). – Ma perché?
– Il mantello soltanto?

IL PADRE
Per appenderli, un momentino. . Mi facciano questa grazia. Vogliono?

LE ATTRICI
(*levandosi i cappellini e qualcuna anche il mantello, seguiteran-*

no a ridere, ed andando ad appenderli qua e là agli attaccapanni). – E perché no?
– Ecco qua!
– Ma badate che è buffo sul serio!
– Dobbiamo metterli in mostra?

IL PADRE
Ecco, appunto, sissignora: così in mostra!

IL CAPOCOMICO
Ma si può sapere per che farne?

IL PADRE
Ecco, signore: forse, preparandole meglio la scena, attratta dagli oggetti stessi del suo commercio, chi sa che non venga tra noi...

Invitando a guardare verso l'uscio in fondo della scena:

Guardino! guardino!

L'uscio in fondo s'aprirà e verrà avanti di pochi passi Madama Pace, megera d'enorme grassezza, con una pomposa parrucca di lana color carota e una rosa fiammante da un lato, alla spagnola; tutta ritinta, vestita con goffa eleganza di seta rossa sgargiante, un ventaglio di piume in una mano e l'altra mano levata a sorreggere tra due dita la sigaretta accesa. Subito, all'apparizione, gli Attori e il Capocomico schizzeranno via dal palcoscenico con un urlo di spavento, precipitandosi alla scaletta e accenneranno di fuggire per il corridojo. La Figliastra, invece, accorrerà a Madame Pace, umile, come davanti a una padrona.

LA FIGLIASTRA
(*accorrendo*). Eccola! Eccola!

IL PADRE
(*raggiante*). È lei! Lo dicevo io? Eccola qua!

IL CAPOCOMICO

(*vincendo il primo stupore, indignato*). Ma che trucchi son questi?

IL PRIMO ATTORE

(*quasi contemporaneamente*). Ma dove siamo, insomma?

L'ATTOR GIOVANE

(*c. s.*). Di dove è comparsa quella lì?

L'ATTRICE GIOVANE

(*c. s.*). La tenevano in serbo!

LA PRIMA ATTRICE

(*c. s.*). Questo è un giuoco di bussolotti!

IL PADRE

(*dominando le proteste*). Ma scusino! Perché vogliono guastare, in nome d'una verità volgare, di fatto, questo prodigio di una realtà che nasce, evocata, attratta, formata dalla stessa scena, e che ha più diritto di viver qui, che loro; perché assai più vera di loro? Quale attrice fra loro rifarà poi Madama Pace? Ebbene: Madame Pace è quella! Mi concederanno che l'attrice che la rifarà, sarà meno vera di quella – che è lei in persona! Guardino: mia figlia l'ha riconosciuta e le si è subito accostata! Stiano a vedere, stiano a vedere la scena!

Titubanti, il Capocomico e gli Attori risaliranno sul palcoscenico.

Ma già la scena tra la Figliastra e Madama Pace, durante la protesta degli Attori e la risposta del Padre, sarà cominciata, sottovoce, pianissimo, insomma naturalmente, come non sarebbe possibile farla avvenire su un palcoscenico. Cosicché, quando gli Attori, richiamati dal Padre all'attenzione, si volteranno a guardare, e vedranno Madama Pace che avrà già messo una mano sotto il mento alla Figliastra per farle sollevare il

80

capo, sentendola parlare in un modo affatto inintelligibile, resteranno per un momento intenti; poi, subito dopo, delusi.

IL CAPOCOMICO
Ebbene?

IL PRIMO ATTORE
Ma che dice?

LA PRIMA ATTRICE
Così non si sente nulla!

L'ATTOR GIOVANE
Forte! forte!

LA FIGLIASTRA
(*lasciando Madama Pace che sorriderà di un impagabile sorriso, e facendosi avanti al crocchio degli Attori*). «Forte», già! Che forte? Non son mica cose che si possano dir forte! Le ho potute dir forte io per la sua vergogna,

indicherà il Padre

che è la mia vendetta! Ma per Madama è un'altra cosa, signori: c'è la galera!

IL CAPOCOMICO
Oh bella! Ah, è così? Ma qui bisogna che si facciano sentire, cara lei! Non sentiamo nemmeno noi, sul palcoscenico! Figurarsi quando ci sarà il pubblico in teatro! Bisogna far la scena. E del resto possono ben parlar forte tra loro, perché noi non saremo mica qua, come adesso, a sentire: loro fingono d'esser sole, in una stanza, nel retrobottega, che nessuno le sente.

La Figliastra, graziosamente, sorridendo maliziosa, farà più volte cenno di no, col dito.

IL CAPOCOMICO
Come no?

LA FIGLIASTRA

(*sottovoce, misteriosamente*). C'è qualcuno che ci sente, signore, se lei

indicherà Madama Pace

parla forte!

IL CAPOCOMICO

(*costernatissimo*). Deve forse scappar fuori qualche altro?

Gli Attori accenneranno di scappar di nuovo dal palcoscenico.

IL PADRE

No, no, signore. Allude a me. Ci debbo esser io, là dietro quell'uscio, in attesa; e Madama lo sa. Anzi, mi permettano! Vado per esser subito pronto.

Farà per avviarsi.

IL CAPOCOMICO

(*fermandolo*). Ma no, aspetti! Qua bisogna rispettare le esigenze del teatro! Prima che lei sia pronto...

LA FIGLIASTRA

(*interrompendolo*). Ma sì, subito! subito! Mi muojo, le dico, dalla smania di viverla, di vederla questa scena! Se lui vuol esser subito pronto, io sono prontissima!

IL CAPOCOMICO

(*gridando*). Ma bisogna che prima venga fuori, ben chiara, la scena tra lei e quella lì.

Indicherà Madama Pace.

Lo vuol capire?

LA FIGLIASTRA

Oh Dio mio, signore: m'ha detto quel che lei già sa: che il lavoro della mamma ancora una volta è fatto male; la roba è sciupata; e che bisogna ch'io abbia pazienza, se voglio che ella seguiti ad ajutarci nella nostra miseria.

MADAMA PACE
(*facendosi avanti, con una grand'aria di importanza*). Eh cià, señor; porqué yò nó quero aproveciarme... avantaciarme...

IL CAPOCOMICO
(*quasi atterrito*). Come come? Parla così?

Tutti gli Attori scoppieranno a ridere fragorosamente.

LA FIGLIASTRA
(*ridendo anche lei*). Sì, signore, parla così, mezzo spagnolo e mezzo italiano, in un modo buffissimo! come nella commedia

MADAMA PACE
Ah, no me par bona crianza che loro ridano de mi, si yò me sfuerzo de hablar, como podo, italiano, señor!

IL CAPOCOMICO
Ma no! Ma anzi! Parli così! parli così, signora! Effetto sicuro! Non si può dar di meglio anzi, per rompere un po' comicamente la crudezza della situazione. Parli, parli così! Va benissimo!

LA FIGLIASTRA
Benissimo! Come no? Sentirsi fare con un tal linguaggio certe proposte: effetto sicuro, perché par quasi una burla, signore! Ci si mette a ridere a sentirsi dire che c'è un «vièchio señor» che vuole «amusarse con migo» – non è vero, Madama?

MADAMA PACE
Viejito, cià! viejito, linda; ma mejor para ti: ché se no te dà gusto, te porta prudencia!

LA MADRE
(*insorgendo, tra lo stupore e la costernazione di tutti gli Attori, che non badavano a lei, e che ora balzeranno al grido a tratte-*

83

nerla ridendo, poiché essa avrà intanto strappato a Madama Pace la parrucca e l'avrà buttata a terra). Strega! strega! assassina! La figlia mia!

LA FIGLIASTRA

(accorrendo a trattenere la Madre). No, no, mamma, no! per carità!

IL PADRE

(accorrendo anche lui, contemporaneamente). Sta' buona, sta' buona! A sedere!

LA MADRE

Ma levatemela davanti, allora!

LA FIGLIASTRA

(al Capocomico accorso anche lui). Non è possibile, non è possibile che la mamma stia qui!

IL PADRE

(anche lui al Capocomico). Non possono stare insieme! E per questo, vede, quella lì, quando siamo venuti, non era con noi! Stando insieme, capirà, per forza s'anticipa tutto.

IL CAPOCOMICO

Non importa! Non importa! È per ora come un primo abbozzo! Serve tutto, perché io colga anche così, confusamente, i varii elementi.

Rivolgendosi alla Madre e conducendola per farla sedere di nuovo al suo posto:

Via, via, signora, sia buona, sia buona: si rimetta a sedere!

Intanto la Figliastra, andando di nuovo in mezzo alla scena, si rivolgerà a Madama Pace:

LA FIGLIASTRA

Su, su, dunque, Madama.

84

MADAMA PACE

(*offesa*). Ah no, gracie tante! Yò aquí no fado più nada con tua madre presente.

LA FIGLIASTRA

Ma via, faccia entrare questo «vièchio señor, porqé se amusi con migo!».

Voltandosi a tutti imperiosa:

Insomma, bisogna farla, questa scena! – Su, avanti!

A Madama Pace:

Lei se ne vada!

MADAMA PACE

Ah, me voj, me voj – me voj seguramente...

Escirà furiosa raccattando la parrucca e guardando fieramente gli Attori che applaudiranno sghignazzando.

LA FIGLIASTRA

(*al Padre*). E lei faccia l'entrata! Non c'è bisogno che giri! Venga qua! Finga d'essere entrato! Ecco: io me ne sto qua a testa bassa – modesta! – E su! Metta fuori la voce! Mi dica con voce nuova, come uno che venga da fuori: «Buon giorno, signorina...».

IL CAPOCOMICO

(*sceso già dal palcoscenico*). Oh guarda! Ma insomma, dirige lei o dirigo io?

Al Padre che guarderà sospeso e perplesso:

Eseguisca, sì: vada là in fondo, senza uscire, e rivenga avanti.

Il Padre eseguirà quasi sbigottito. Pallidissimo; ma già investito nella realtà della sua vita creata, sorriderà appressandosi dal fondo, come alieno ancora del dramma che sarà per abbattersi su lui. Gli Attori si faran subito intenti alla scena che comincia.

IL CAPOCOMICO
(*piano, in fretta, al Suggeritore nella buca*). E lei, attento, attento a scrivere, adesso!

La scena

IL PADRE
(*avanzandosi con voce nuova*). Buon giorno, signorina.

LA FIGLIASTRA
(*a capo chino, con contenuto ribrezzo*). Buon giorno.

IL PADRE
(*la spierà un po', di sotto al cappellino che quasi le nasconde il viso, e scorgendo ch'ella è giovanissima, esclamerà quasi tra sé, un po' per compiacenza, un po' anche per timore di compromettersi in un'avventura rischiosa*). Ah... – Ma... dico, non sarà la prima volta, è vero? che lei viene qua.

LA FIGLIASTRA
(*c. s.*). No, signore.

IL PADRE
C'è venuta qualche altra volta?

E poiché la Figliastra farà cenno di sì col capo:

Più d'una?

Aspetterà un po' la risposta; tornerà a spiarla di sotto al cappellino: sorriderà; poi dirà:

E dunque, via... non dovrebbe più essere così... Permette che le levi io codesto cappellino?

LA FIGLIASTRA
(*subito, per prevenirlo, ma contenendo il ribrezzo*). No, signore: me lo levo da me!

86

Eseguirà in fretta, convulsa.

La Madre, assistendo alla scena, col Figlio e con gli altri due piccoli e più suoi, i quali se ne staranno sempre accanto a lei, appartati nel lato opposto a quello degli Attori, sarà come sulle spine, e seguirà con varia espressione, di dolore, di sdegno, d'ansia, d'orrore, le parole e gli atti di quei due; e ora si nasconderà il volto, ora metterà qualche gemito.

LA MADRE
Oh Dio! Dio mio!

IL PADRE
(*resterà, al gemito, come impietrato per un lungo momento; poi riprenderà col tono di prima*). Ecco, mi dia: lo poso io.

Le toglierà dalle mani il cappellino.

Ma su una bella, cara testolina come la sua, vorrei che figurasse un più degno cappellino. Vorrà ajutarmi a sceglierne qualcuno, poi, qua tra questi di Madama? – No?

L'ATTRICE GIOVANE
(*interrompendolo*). Oh, badiamo bene. Quelli là sono i nostri cappelli!

IL CAPOCOMICO
(*subito, arrabbiatissimo*). Silenzio, perdio! Non faccia la spiritosa! – Questa è la scena!

Rivolgendosi alla Figliastra:

Riattacchi, prego, signorina!

LA FIGLIASTRA
(*riattaccando*). No, grazie, signore.

IL PADRE
Eh via, non mi dica di no! Vorrà accettarmelo. Me n'a-

vrei a male... Ce n'è di belli, guardi! E poi faremmo contenta Madama. Li mette apposta qua in mostra!

LA FIGLIASTRA
Ma no, signore, guardi: non potrei neanche portarlo.

IL PADRE
Dice forse per ciò che ne penserebbero a casa, vedendola
rientrare con un cappellino nuovo? Eh via! Sa come si fa?
Come si dice a casa?

LA FIGLIASTRA
(*smaniosa, non potendone più*). Ma non per questo, signore!
Non potrei portarlo, perché sono... come mi vede: avrebbe già potuto accorgersene!

Mostrerà l'abito nero.

IL PADRE
A lutto, già! È vero: vedo. Le chiedo perdono. Creda che
sono veramente mortificato.

LA FIGLIASTRA
(*facendosi forza e pigliando ardire anche per vincere lo sdegno
e la nausea*). Basta, basta, signore! Tocca a me di ringra-
ziarla; e non a lei di mortificarsi o d'affliggersi. Non badi
più, la prego, a quel che le ho detto. Anche per me, capirà...

Si sforzerà di sorridere e aggiungerà:

Bisogna proprio ch'io non pensi, che sono vestita così.

IL CAPOCOMICO
(*interrompendo, rivolto al Suggeritore nella buca e risalendo sul
palcoscenico*). Aspetti, aspetti! Non scriva, tralasci, tralasci
quest'ultima battuta!

Rivolgendosi al Padre e alla Figliastra:

88

Va benissimo! Va benissimo!

Poi al Padre soltanto:

Qua lei poi attaccherà com'abbiamo stabilito!

Agli Attori:

Graziosissima questa scenetta del cappellino, non vi pare?

LA FIGLIASTRA
Eh, ma il meglio viene adesso! perché non si prosegue?

IL CAPOCOMICO
Abbia pazienza un momento!

Tornando a rivolgersi agli Attori:

Va trattata, naturalmente, con un po' di leggerezza –

IL PRIMO ATTORE
– di spigliatezza, già –

LA PRIMA ATTRICE
Ma sì, non ci vuol niente!

Al Primo Attore:

Possiamo subito provarla, no?

IL PRIMO ATTORE
Oh, per me... Ecco, giro per far l'entrata!

Escirà per esser pronto a rientrare dalla porta del fondalino.

IL CAPOCOMICO
(*alla Prima Attrice*). E allora, dunque, guardi, è finita la scena tra lei e quella Madama Pace, che penserò poi io a scrivere. Lei se ne sta... No, dove va?

LA PRIMA ATTRICE
Aspetti, mi rimetto il cappello...

Eseguirà, andando a prendere il suo cappello dall'attaccapanni.

IL CAPOCOMICO

Ah già, benissimo! – Dunque, lei resta qui a capo chino.

LA FIGLIASTRA

(*divertita*). Ma se non è vestita di nero!

LA PRIMA ATTRICE

Sarò vestita di nero, e molto più propriamente di lei!

IL CAPOCOMICO

(*alla Figliastra*). Stia zitta, la prego! E stia a vedere! Avrà da imparare!

Battendo le mani:

Avanti! avanti! L'entrata!

E ridiscenderà dal palcoscenico per cogliere l'impressione della scena. S'aprirà l'uscio in fondo e verrà avanti il Primo Attore, con l'aria spigliata, sbarazzina d'un vecchietto galante. La rappresentazione della scena, eseguita dagli Attori, apparirà fin dalle prime battute un'altra cosa, senza che abbia tuttavia, neppur minimamente, l'aria di una parodia; apparirà piuttosto come rimessa in bello. Naturalmente, la Figliastra e il Padre, non potendo riconoscersi affatto in quella Prima Attrice e in quel Primo Attore, sentendo proferir le loro stesse parole, esprimeranno in vario modo, ora con gesti, or con sorrisi, or con aperta protesta, l'impressione che ne ricevono di sorpresa, di meraviglia, di sofferenza, ecc., come si vedrà appresso. S'udrà dal cupolino chiaramente la voce del Suggeritore.

IL PRIMO ATTORE

«Buon giorno, signorina...»

IL PADRE

(*subito, non riuscendo a contenersi*). Ma no!

La Figliastra, vedendo entrare in quel modo il Primo Attore, scoppierà intanto a ridere.

IL CAPOCOMICO

(*infuriato*). Facciano silenzio! E lei finisca una buona volta di ridere! Così non si può andare avanti!

LA FIGLIASTRA

(*venendo dal proscenio*). Ma scusi, è naturalissimo, signore! La signorina

indicherà la Prima Attrice

se ne sta lì ferma, a posto; ma se dev'esser me, io le posso assicurare che a sentirmi dire «buon giorno» a quel modo e con quel tono, sarei scoppiata a ridere, proprio così come ho riso!

IL PADRE

(*avanzandosi un poco anche lui*). Ecco, già... l'aria, il tono...

IL CAPOCOMICO

Ma che aria! Che tono! Si mettano da parte, adesso, e mi lascino veder la prova!

IL PRIMO ATTORE

(*facendosi avanti*). Se debbo rappresentare un vecchio, che viene in una casa equivoca...

IL CAPOCOMICO

Ma sì, non dia retta, per carità! Riprenda, riprenda, ché va benissimo!

In attesa che l'Attore riprenda:

Dunque...

IL PRIMO ATTORE

«Buon giorno, signorina...»

LA PRIMA ATTRICE

«Buon giorno...»

IL PRIMO ATTORE

(*rifacendo il gesto del Padre, di spiare cioè sotto al cappellino,*

91

ma poi esprimendo ben distintamente prima là compiacenza e poi il timore). «Ah... – Ma dico, non sarà la prima volta, spero...»

IL PADRE
(*correggendo, irresistibilmente*). Non «spero» – «è vero?», «è vero?»

IL CAPOCOMICO
Dice «è vero» – interrogazione.

IL PRIMO ATTORE
(*accennando al Suggeritore*). Io ho sentito «spero!»

IL CAPOCOMICO
Ma sì, è lo stesso! «è vero» o «spero». Prosegua, prosegua. – Ecco, forse un po' meno caricato... Ecco glielo farò io, stia a vedere...

Risalirà sul palcoscenico, poi, rifacendo lui la parte fin dall'entrata:

– «Buon giorno, signorina.. »

LA PRIMA ATTRICE
«Buon giorno.»

IL CAPOCOMICO
«Ah, ma... dico...»

rivolgendosi al Primo Attore per fargli notare il modo come avrà guardato la Prima Attrice di sotto al cappellino:

Sorpresa... timore e compiacimento...

Poi, riprendendo, rivolto alla Prima Attrice:

«Non sarà la prima volta, è vero? che lei viene qua...»

Di nuovo, volgendosi con uno sguardo d'intelligenza al Primo Attore:

Mi spiego?

Alla Prima Attrice:

E lei allora: «No, signore».

Di nuovo, al Primo Attore:

Insomma come debbo dire? *Souplesse!*

E ridiscenderà dal palcoscenico.

LA PRIMA ATTRICE
«No, signore...»

IL PRIMO ATTORE
«C'è venuta qualche altra volta? Più d'una?»

IL CAPOCOMICO
Ma, no, aspetti! Lasci far prima a lei

indicherà la Prima Attrice

il cenno di sì. «C'è venuta qualche altra volta?»

La Prima Attrice solleverà un po' il capo socchiudendo penosamente, come per disgusto, gli occhi, e poi a un «Giù» del Capocomico crollerà due volte il capo.

LA FIGLIASTRA
(*irresistibilmente*). Oh Dio mio!

E subito si porrà una mano sulla bocca per impedire la risata.

IL CAPOCOMICO
(*voltandosi*). Che cos'è?

LA FIGLIASTRA
(*subito*). Niente, niente!

IL CAPOCOMICO
(*al Primo Attore*). A lei, a lei, sèguiti!

IL PRIMO ATTORE
«Più d'una? E dunque, via... non dovrebbe più esser così...
Permette che le levi io codesto cappellino?»

*Il Primo Attore dirà quest'ultima battuta con un tal tono, e la
accompagnerà con una tal mossa, che la Figliastra, rimasta
con le mani sulla bocca, per quanto voglia frenarsi, non riuscirà più a contenere la risata, che le scoppierà di tra le dita irresistibilmente, fragorosa.*

LA PRIMA ATTRICE
(*indignata, tornandosene a posto*). Ah, io non sto mica a far
la buffona qua per quella lì!

IL PRIMO ATTORE
E neanch'io! Finiamola!

IL CAPOCOMICO
(*alla Figliastra, urlando*). La finisca! la finisca!

LA FIGLIASTRA
Sì, mi perdoni... mi perdoni...

IL CAPOCOMICO
Lei è una maleducata! ecco quello che è! Una presun-
tuosa!

IL PADRE
(*cercando d'interporsi*). Sissignore, è vero, è vero; me la pe
doni...

IL CAPOCOMICO
(*risalendo sul palcoscenico*). Che vuole che perdoni!! È
un'indecenza!

IL PADRE
Sissignore, ma creda, creda, che fa un effetto così strano

IL CAPOCOMICO
... strano? che strano? perché strano?

94

IL PADRE

Io ammiro, signore, ammiro i suoi attori: il Signore là,

indicherà il Primo Attore

la Signorina,

indicherà la Prima Attrice

ma, certamente... ecco, non sono noi...

IL CAPOCOMICO

Eh sfido! Come vuole che sieno, «loro», se sono gli attori?

IL PADRE

Appunto, gli attori! E fanno bene, tutti e due, le nostre parti. Ma creda che a noi pare un'altra cosa, che vorrebbe esser la stessa, e intanto non è!

IL CAPOCOMICO

Ma come non è? Che cos'è allora?

IL PADRE

Una cosa, che... diventa di loro; e non più nostra.

IL CAPOCOMICO

Ma questo, per forza! Gliel'ho già detto!

IL PADRE

Sì, capisco, capisco... –

IL CAPOCOMICO

– e dunque, basta!

Rivolgendosi agli Attori:

Vuol dire che faremo poi le prove tra noi, come vanno fatte. È stata sempre per me una maledizione provare davanti agli autori! Non sono mai contenti!

Rivolgendosi al Padre e alla Figliastra:

Su, riattacchiamo con loro; e vediamo se sarà possibile che lei non rida più.

LA FIGLIASTRA

Ah, non rido più, non rido più! Viene il bello adesso per me; stia sicuro!

IL CAPOCOMICO

Dunque: quando lei dice: «Non badi più, la prego, a quello che ho detto... Anche per me capirà!»

rivolgendosi al Padre:

bisogna che lei attacchi subito: «Capisco, ah capisco...» e che immediatamente domandi –

LA FIGLIASTRA

(*interrompendo*). – come! che cosa!

IL CAPOCOMICO

– La ragione del suo lutto!

LA FIGLIASTRA

Ma no, signore! Guardi: quand'io gli dissi che bisognava che non pensassi d'esser vestita così, sa come mi rispose lui? «Ah, va bene! E togliamolo, togliamolo via subito, allora, codesto vestitino!»

IL CAPOCOMICO

Bello! Benissimo! Per far saltare così tutto il teatro?

LA FIGLIASTRA

Ma è la verità!

IL CAPOCOMICO

Ma che verità, mi faccia il piacere! Qua siamo a teatro! La verità, fino a un certo punto!

LA FIGLIASTRA

E che vuol fare lei allora, scusi?

IL CAPOCOMICO
Lo vedrà, lo vedrà! Lasci fare a me adesso!

LA FIGLIASTRA
No, signore! Della mia nausea, di tutte le ragioni, una più crudele e più vile dell'altra, per cui io sono «questa», «così», vorrebbe forse cavarne un pasticcetto romantico sentimentale, con lui che mi chiede le ragioni del lutto, e io che gli rispondo lacrimando che da due mesi m'è morto papà? No, no, caro signore! Bisogna che lui mi dica come m'ha detto: «Togliamo via subito, allora, codesto vestitino!». E io, con tutto il mio lutto nel cuore, di appena due mesi, me ne sono andata là, vede? là, dietro quel paravento, e con queste dita che mi ballano dall'onta, dal ribrezzo mi sono sganciato il busto, la veste...

IL CAPOCOMICO
(ponendosi le mani tra i capelli). Per carità! Che dice?

LA FIGLIASTRA
(gridando, frenetica). La verità! la verità, signore!

IL CAPOCOMICO
Ma sì, non nego, sarà la verità... e comprendo, comprendo tutto il suo orrore, signorina; ma comprenda anche lei che tutto questo sulla scena non è possibile!

LA FIGLIASTRA
Non è possibile? E allora, grazie tante, io non ci sto!

IL CAPOCOMICO
Ma no, veda...

LA FIGLIASTRA
Non ci sto! non ci sto! Quello che è possibile sulla scena ve lo siete combinato insieme tutti e due, di là, grazie! Lo capisco bene! Egli vuol subito arrivare alla rappresentazione

caricando

dei suoi travagli spirituali; ma io voglio rappresentare il
mio dramma! il mio!

IL CAPOCOMICO

(*seccato, scrollandosi fieramente*). Oh, infine, il suo! Non c'è
soltanto il suo, scusi! C'è anche quello degli altri! Quello
di lui,

indicherà il Padre

quello di sua madre! Non può stare che un personaggio
venga, così, troppo avanti, e sopraffaccia gli altri, invadendo la scena. Bisogna contener tutti in un quadro armo-
nico e rappresentare quel che è rappresentabile! Lo so bene anch'io che ciascuno ha tutta una sua vita dentro e
che vorrebbe metterla fuori. Ma il difficile è appunto questo: farne venir fuori quel tanto che è necessario, in rapporto con gli altri; e pure in quel poco fare intendere tutta
l'altra vita che resta dentro! Ah, comodo, se ogni personaggio potesse in un bel monologo, o... senz'altro... in
una conferenza venire a scodellare davanti al pubblico tutto quel che gli bolle in pentola!

Con tono bonario, conciliativo:

Bisogna che lei si contenga, signorina. E creda, nel suo
stesso interesse; perché può anche fare una cattiva impressione, glielo avverto, tutta codesta furia dilaniatrice, codesto disgusto esasperato, quando lei stessa, mi scusi, ha con-
fessato di essere stata con altri, prima che con lui, da Madama Pace, più di una volta!

LA FIGLIASTRA

(*abbassando il capo, con profonda voce, dopo una pausa di
raccoglimento*). È vero! Ma pensi che quegli altri sono
egualmente lui, per me.

IL CAPOCOMICO

(*non comprendendo*). Come, gli altri? Che vuol dire?

LA FIGLIASTRA

Per chi cade nella colpa, signore, il responsabile di tutte le colpe che seguono, non è sempre chi, primo, determinò la caduta? E per me è lui, anche da prima ch'io nascessi. Lo guardi; e veda se non è vero!

IL CAPOCOMICO

Benissimo! E le par poco il peso di tanto rimorso su lui? Gli dia modo di rappresentarlo!

LA FIGLIASTRA

E come, scusi? dico, come potrebbe rappresentare tutti i suoi «nobili» rimorsi, tutti i suoi tormenti «morali», se lei vuol risparmiargli l'orrore d'essersi un bel giorno trovata tra le braccia, dopo averla invitata a togliersi l'abito del suo lutto recente, donna e già caduta, quella bambina, signore, quella bambina ch'egli si recava a vedere uscire dalla scuola?

Dirà queste ultime parole con voce tremante di commozione.

La Madre, nel sentirle dire così, sopraffatta da un émpito d'incontenibile ambascia, che s'esprimerà prima in alcuni gemiti soffocati, romperà alla fine in un pianto perduto. La commozione vincerà tutti. Lunga pausa.

LA FIGLIASTRA

(*appena la Madre accennerà di quietarsi, soggiungerà, cupa e risoluta*). Noi siamo qua tra noi, adesso, ignorati ancora dal pubblico. Lei darà domani di noi quello spettacolo che crederà, concertandolo a suo modo, Ma lo vuol vedere davvero, il dramma? scoppiare davvero, com'è stato?

IL CAPOCOMICO

Ma sì, non chiedo di meglio, per prenderne fin d'ora quanto sarà possibile!

LA FIGLIASTRA

Ebbene, faccia uscire quella madre.

LA MADRE

(*levandosi dal suo pianto, con un urlo*). No, no! Non lo permetta, signore! Non lo permetta!

IL CAPOCOMICO

Ma è solo per vedere, signora!

LA MADRE

Io non posso! Non posso!

IL CAPOCOMICO

Ma se è già tutto avvenuto, scusi! Non capisco!

LA MADRE

No, avviene ora, avviene sempre! Il mio strazio non è finito, signore! Io sono viva e presente, sempre, in ogni momento del mio strazio, che si rinnova, vivo e presente sempre. Ma quei due piccini là, li ha lei sentiti parlare? Non possono più parlare, signore! Se ne stanno aggrappati a me, ancora, per tenermi vivo e presente lo strazio: ma essi, per sé, non sono, non sono più! E questa,

indicherà la Figliastra

signore, se n'è fuggita, è scappata via da me e s'è perduta, perduta... Se ora io me la vedo qua è ancora per questo, solo per questo, sempre, sempre, per rinnovarmi sempre, vivo e presente, lo strazio che ho sofferto anche per lei!

IL PADRE

(*solenne*). Il momento eterno, com'io le ho detto, signore! Lei *indicherà la Figliastra*

è qui per cogliermi, fissarmi, tenermi agganciato e sospeso in eterno, alla gogna, in quel solo momento fuggevole e vergognoso della mia vita. Non può rinunziarvi, e lei, signore, non può veramente risparmiarmelo.

IL CAPOCOMICO
Ma sì, io non dico di non rappresentarlo: formerà appunto il nucleo di tutto il primo atto, fino ad arrivare alla sorpresa di lei –

indicherà la Madre.

IL PADRE
Ecco, sì. Perché è la mia condanna, signore: tutta la nostra passione, che deve culminare nel grido finale di lei!

Indicherà anche lui la Madre.

LA FIGLIASTRA
L'ho ancora qui negli orecchi! M'ha reso folle quel grido! – Lei può rappresentarmi come vuole signore: non importa! Anche vestita; purché abbia almeno le braccia – solo le braccia – nude, perché, guardi, stando così,

si accosterà al Padre e gli appoggerà la testa sul petto

con la testa appoggiata così, e le braccia così al suo collo, mi vedevo pulsare qui, nel braccio qui, una vena; e allora, come se soltanto quella vena viva mi facesse ribrezzo, strizzai gli occhi, così, così, ed affondai la testa nel suo petto!

Voltandosi verso la Madre:

Grida, grida, mamma!

Affonderà la testa nel petto del Padre, e con le spalle alzate come per non sentire il grido, soggiungerà con voce di strazio soffocato:

Grida, come hai gridato allora!

LA MADRE

(*avventandosi per separarli*). No! Figlia, figlia mia!

E dopo averla staccata da lui:

Bruto, bruto, è mia figlia! Non vedi che è mia figlia?

IL CAPOCOMICO

(*arretrando, al grido, fino alla ribalta, tra lo sgomento degli Attori*). Benissimo; sì, benissimo! E allora, sipario, sipario!

IL PADRE

(*accorrendo a lui, convulso*). Ecco, sì: perché è stato veramente così, signore!

IL CAPOCOMICO

(*ammirato e convinto*). Ma sì, qua, senz'altro! Sipario! Sipario!

Alle grida reiterate del Capocomico, il Macchinista butterà giù il sipario, lasciando fuori, davanti alla ribalta, il Capocomico e il Padre.

IL CAPOCOMICO

(*guardando in alto, con le braccia alzate*). Ma che bestia! Dico sipario per intendere che l'Atto deve finir così, e m'abbassano il sipario davvero!

Al Padre, sollevando un lembo della tenda per rientrare nel palcoscenico:

Sì, sì, benissimo! benissimo! Effetto sicuro! Bisogna finir così. Garantisco, garantisco, per questo Primo Atto!

Rientrerà col Padre.

102

Riaprendosi il sipario si vedrà che i Macchinisti e Apparatori avranno disfatto quel primo simulacro di scena e messo su, invece, una piccola vasca da giardino.
Da una parte del palcoscenico staranno seduti in fila gli Attori e dall'altra i Personaggi. Il Capocomico sarà in piedi, in mezzo al palcoscenico, con una mano sulla bocca a pugno chiuso in atto di meditare.

IL CAPOCOMICO
(*scrollandosi dopo una breve pausa*). Oh, dunque: veniamo al Secondo Atto! Lascino, lascino fare a me, come avevamo prima stabilito, che andrà benone!

LA FIGLIASTRA
La nostra entrata in casa di lui

indicherà il Padre

a dispetto di quello lì!

indicherà il Figlio.

IL CAPOCOMICO
(*spazientito*). Sta bene; ma lasci fare a me, le dico!

LA FIGLIASTRA
Purché appaja chiaro il dispetto!

103

LA MADRE

(*dal suo canto tentennando il capo*). Per tutto il bene che ce n'è venuto...

LA FIGLIASTRA

(*voltandosi a lei di scatto*). Non importa! Quanto più dannoso a noi, tanto più rimorso per lui!

IL CAPOCOMICO

(*spazientito*). Ho capito, ho capito! E si terrà conto di questo in principio sopratutto! Non dubiti!

LA MADRE

(*supplichevole*). Ma faccia che si capisca bene, la prego, signore, per la mia coscienza, ch'io cercai in tutti i modi –

LA FIGLIASTRA

(*interrompendo con sdegno, e seguitando*). – di placarmi, di consigliarmi che questo dispetto non gli fosse fatto!

Al Capocomico:

La contenti, la contenti, perché è vero! Io ne godo moltissimo, perché, intanto, si può vedere: più lei è così supplice, più tenta d'entrargli nel cuore, e più quello lì si tien lontano: «as-sen-te»! Che gusto!

IL CAPOCOMICO

Vogliamo insomma cominciarlo, questo Secondo Atto?

LA FIGLIASTRA

Non parlo più. Ma badi che svolgerlo tutto nel giardino, come lei vorrebbe, non sarà possibile!

IL CAPOCOMICO

Perché non sarà possibile?

LA FIGLIASTRA

Perché lui

indicherà di nuovo il Figlio

104

se ne sta sempre chiuso in camera, appartato! E poi, in casa, c'è da svolgere tutta la parte di quel povero ragazzo lì, smarrito, come le ho detto.

IL CAPOCOMICO

Eh già! Ma d'altra parte, capiranno, non possiamo mica appendere i cartellini o cambiar di scena a vista, tre o quattro volte per Atto!

IL PRIMO ATTORE

Si faceva un tempo...

IL CAPOCOMICO

Sì, quando il pubblico era forse come quella bambina lì!

LA PRIMA ATTRICE

E l'illusione, più facile!

IL PADRE

(*con uno scatto, alzandosi*). L'illusione? Per carità, non dicano l'illusione! Non adoperino codesta parola, che per noi è particolarmente crudele!

IL CAPOCOMICO

(*stordito*). E perché, scusi?

IL PADRE

Ma sì, crudele! crudele! Dovrebbe capirlo!

IL CAPOCOMICO

E come dovremmo dire allora? L'illusione da creare, qua, agli spettatori –

IL PRIMO ATTORE

– con la nostra rappresentazione –

IL CAPOCOMICO

– l'illusione d'una realtà!

IL PADRE

Comprendo, signore. Forse lei, invece, non può comprendere noi. Mi scusi! Perché – veda – qua per lei e per i suoi

105

attori si tratta soltanto – ed è giusto – del loro giuoco.

LA PRIMA ATTRICE

(*interrompendo sdegnata*). Ma che giuoco! Non siamo mica bambini! Qua si recita sul serio.

IL PADRE

Non dico di no. E intendo, infatti, il giuoco della loro arte, che deve dare appunto – come dice il signore – una perfetta illusione di realtà.

IL CAPOCOMICO

Ecco, appunto!

IL PADRE

Ora, se lei pensa che noi come noi

indicherà sé e sommariamente gli altri cinque Personaggi

non abbiamo altra realtà fuori di questa illusione!

IL CAPOCOMICO

(*stordito, guardando i suoi Attori rimasti anch'essi come sospesi e smarriti*). E come sarebbe a dire?

IL PADRE

(*dopo averli un po' osservati, con un pallido sorriso*). Ma sì, signori! Quale altra? Quella che per loro è un'illusione da creare, per noi è invece l'unica nostra realtà.

Breve pausa. Si avanzerà di qualche passo vero il Capocomico, e soggiungerà:

Ma non soltanto per noi, del resto, badi! Ci pensi bene.

Lo guarderà negli occhi.

Mi sa dire chi è lei?

E rimarrà con l'indice appuntato su lui.

IL CAPOCOMICO

(*turbato, con un mezzo sorriso*). Come, chi sono? – Sono io!

IL PADRE

E se le dicessi che non è vero, perché lei è me?

IL CAPOCOMICO

Le risponderei che lei è un pazzo!

Gli Attori rideranno.

IL PADRE

Hanno ragione di ridere: perché qua si giuoca;

al Direttore:

e lei può dunque obiettarmi che soltanto per un giuoco quel signore là,

indicherà il Primo Attore

che è «lui», dev'esser «me», che viceversa sono io, «questo». Vede che l'ho colto in trappola?

Gli Attori torneranno a ridere.

IL CAPOCOMICO

(*seccato*). Ma questo s'è già detto poco fa! Daccapo?

IL PADRE

No, no. Non volevo dir questo, infatti. Io la invito anzi a uscire da questo giuoco

guardando la Prima Attrice, come per prevenire

– d'arte! d'arte! – che lei è solito di fare qua coi suoi attori; e torno a domandarle seriamente: chi è lei!

IL CAPOCOMICO

(*rivolgendosi quasi strabiliato, e insieme irritato, agli Attori*). Oh, ma guardate che ci vuole una bella faccia tosta! Uno che si spaccia per personaggio, venire a domandare a me, chi sono!

IL PADRE

(con *dignità, ma senza alterigia*). Un personaggio, signore, può sempre domandare a un uomo chi è. Perché un personaggio ha veramente una vita sua, segnata di caratteri suoi, per cui è sempre «qualcuno». Mentre un uomo – non dico lei, adesso – un uomo così in genere, può non esser «nessuno».

IL CAPOCOMICO

Già! Ma lei lo domanda a me, che sono il Direttore! il Capocomico! Ha capito?

IL PADRE

(*quasi in sordina, con melliflua umiltà*). Soltanto per sapere, signore, se veramente lei com'è adesso, si vede... come vede per esempio, a distanza di tempo, quel che lei era una volta, con tutte le illusioni che allora si faceva; con tutte le cose, dentro e intorno a lei, come allora le parevano – ed erano, erano realmente per lei! – Ebbene, signore; ripensando a quelle illusioni che adesso lei non si fa più; a tutte quelle cose che ora non le «sembrano» più come per lei «erano» un tempo; non si sente mancare, non dico queste tavole di palcoscenico, ma il terreno, il terreno sotto i piedi, argomentando che ugualmente «questo» come lei ora si sente, tutta la sua realtà d'oggi così com'è, è destinata a parerle illusione domani?

IL CAPOCOMICO

(*senza aver ben capito, nell'intontimento della speciosa argomentazione*). Ebbene? E che vuol concludere con questo?

IL PADRE

Oh, niente, signore. Farle vedere che se noi (*indicherà di nuovo sé e gli altri Personaggi*) oltre la illusione, non abbiamo altra realtà, è bene che anche lei diffidi della realtà sua, di questa che lei oggi respira e tocca in sé, perché – come quella di ieri – è destinata a scoprirlesi illusione domani.

IL CAPOCOMICO

(*rivolgendosi a prenderla in riso*). Ah, benissimo! E dica per giunta che lei, con codesta commedia che viene a rappresentarmi qua, è più vero e reale di me!

IL PADRE

(*con la massima serietà*). Ma questo senza dubbio, signore!

IL CAPOCOMICO

Ah sì?

IL PADRE *perché l'arto dura?*

Credevo che lei lo avesse già compreso fin da principio.

IL CAPOCOMICO

Più reale di me?

IL PADRE

Se la sua realtà può cangiare dall'oggi al domani...

IL CAPOCOMICO

Ma si sa che può cangiare, sfido! Cangia continuamente; come quella di tutti!

IL PADRE

(*con un grido*). Ma la nostra no, signore! Vede? La differenza è questa! Non cangia, non può cangiare, né esser altra, mai, perché già fissata – così – «questa» – per sempre – (è terribile, signore!) realtà immutabile, che dovrebbe dar loro un brivido nell'accostarsi a noi!

IL CAPOCOMICO

(*con uno scatto, parandoglisi davanti per un'idea che gli sorgerà all'improvviso*). Io vorrei sapere però, quando mai s'è visto un personaggio che, uscendo dalla sua parte, si sia messo a perorarla così come fa lei, e a proporla, a spiegarla. Me lo sa dire? Io non l'ho mai visto!

IL PADRE

Non l'ha mai visto, signore, perché gli autori nascondono di solito il travaglio della loro creazione. Quando i personaggi son vivi, vivi veramente davanti al loro autore, questo non fa altro che seguirli nelle parole, nei gesti ch'essi appunto gli propongono; e bisogna ch'egli li voglia com'essi si vogliono; e guai se non fa così! Quando un personaggio è nato, acquista subito una tale indipendenza anche dal suo stesso autore, che può esser da tutti immaginato in tant'altre situazioni in cui l'autore non pensò di metterlo, e acquistare anche, a volte, un significato che l'autore non si sognò mai di dargli!

IL CAPOCOMICO

Ma sì, questo lo so!

IL PADRE

E dunque, perché si fa meraviglia di noi? Immagini per un personaggio la disgrazia che le ho detto, d'esser nato vivo dalla fantasia d'un autore che abbia voluto poi negargli la vita, e mi dica se questo personaggio lasciato così, vivo e senza vita, non ha ragione di mettersi a fare quel che stiamo facendo noi, ora, qua davanti a loro, dopo averlo fatto a lungo a lungo, creda, davanti a lui per persuaderlo, per spingerlo, comparendogli ora io, ora lei,

indicherà la Figliastra

ora quella povera madre...

LA FIGLIASTRA

(*venendo avanti come trasognata*). È vero, anch'io, anch'io, signore, per tentarlo, tante volte, nella malinconia di quel suo scrittojo, all'ora del crepuscolo, quand'egli, abbandonato su una poltrona, non sapeva risolversi a girar la chiavetta della luce e lasciava che l'ombra gli invadesse la stanza e che quell'ombra brulicasse di noi, che andavamo a tentarlo.

Come se si vedesse ancora là in quello scrittojo e avesse fastidio della presenza di tutti quegli Attori:

Se loro tutti se n'andassero! se ci lasciassero soli! La mamma lì, con quel figlio – io con quella bambina – quel ragazzo là sempre solo – e poi io con lui

indicherà appena il Padre

– e poi io sola, io sola... – in quell'ombra

balzerà a un tratto, come se nella visione che ha di sé, lucente in quell'ombra e viva, volesse afferrarsi

ah, la mia vita! Che scene, che scene andavamo a proporgli! – Io, io lo tentavo più di tutti!

IL PADRE
Già! Ma forse è stato per causa tua; appunto per codeste tue troppo insistenze, per le tue troppe incontinenze!

LA FIGLIASTRA
Ma che! Se egli stesso m'ha voluta così!

Verrà presso al Capocomico per dirgli come in confidenza:

Io credo che fu piuttosto, signore, per avvilimento o per sdegno del teatro, così come il pubblico solitamente lo vede e lo vuole...

IL CAPOCOMICO
Andiamo avanti, andiamo avanti, santo Dio, e veniamo al fatto, signori miei!

LA FIGLIASTRA

Eh, ma mi pare, scusi, che di fatti ne abbia fin troppi, con la nostra entrata in casa di lui!

Indicherà il Padre.

Diceva che non poteva appendere i cartellini o cangiar di scena ogni cinque minuti!

IL CAPOCOMICO

Già! Ma appunto! Combinarli, aggrupparli in un'azione simultanea e serrata; e non come pretende lei, che vuol vedere prima il suo fratellino che ritorna dalla scuola e s'aggira come un'ombra per le stanze, nascondendosi dietro gli usci a meditare un proposito, in cui – com'ha detto? –

LA FIGLIASTRA

– si dissuga, signore, si dissuga tutto!

IL CAPOCOMICO

Non ho mai sentito codesta parola! E va bene: «crescendo soltanto negli occhi», è vero?

LA FIGLIASTRA

Sissignore: eccolo lì!

Lo indicherà presso la Madre.

IL CAPOCOMICO

Brava! E poi, contemporaneamente, vorrebbe anche quella bambina che giuoca, ignara, nel giardino. L'uno in casa, e l'altra nel giardino, è possibile?

LA FIGLIASTRA

Ah, nel sole, signore, felice! È l'unico mio premio, la sua allegria, la sua festa, in quel giardino; tratta dalla miseria, dallo squallore di un'orribile camera dove dormivamo tutti e quattro – e io con lei – io, pensi! con l'orrore del mio corpo contaminato, accanto a lei che mi stringeva forte

forte coi suoi braccini amorosi e innocenti. Nel giardino, appena mi vedeva, correva a prendermi per mano. I fiori grandi non li vedeva; andava a scoprire invece tutti quei «pittoli pittoli» e me li voleva mostrare, facendo una festa, una festa!

Così dicendo, straziata dal ricordo, romperà in' un pianto lungo, disperato, abbattendo il capo sulle braccia abbandonate sul tavolino. La commozione vincerà tutti. Il Capocomico le si accosterà quasi paternamente, e le dirà per confortarla:

IL CAPOCOMICO
Faremo il giardino, faremo il giardino, non dubiti: e vedrà che ne sarà contenta! Le scene le aggrupperemo lì!

Chiamando per nome un Apparatore:

Ehi, càlami qualche spezzato d'alberi! Due cipressetti qua davanti a questa vasca!

Si vedranno calare dall'alto del palcoscenico due cipressetti. Il Macchinista, accorrendo, fermerà coi chiodi i due pedani.

IL CAPOCOMICO
(*alla Figliastra*). Così alla meglio, adesso, per dare un'idea.

Richiamerà per nome l'Apparatore.

Ehi, dammi ora un po' di cielo!

L'APPARATORE
(*dall'alto*). Che cosa?

IL CAPOCOMICO
Un po' di cielo! Un fondalino, che cada qua dietro questa vasca!

Si vedrà calare dall'alto del palcoscenico una tela bianca.

IL CAPOCOMICO

Ma non bianco! T'ho detto cielo! Non fa nulla, lascia: rimedierò io.

Chiamando:

Ehi, elettricista, spegni tutto e dammi un po' di atmosfera... atmosfera lunare... blu, blu alle bilance, e blu sulla tela, col riflettore... Così! Basta!

Si sarà fatta, a comando, una misteriosa scena lunare, che indurrà gli Attori a parlare e muoversi come di sera, in un giardino, sotto la luna.

IL CAPOCOMICO

(*alla Figliastra*). Ecco, guardi! E ora il giovinetto, invece di nascondersi dietro gli usci delle stanze, potrebbe aggirarsi qua nel giardino, nascondendosi dietro gli alberi. Ma capirà che sarà difficile trovare una bambina che faccia bene la scena con lei, quando le mostra i fiorellini.

Rivolgendosi al Giovinetto:

Venga, venga avanti lei, piuttosto! Vediamo di concretare un po'!

E poiché il ragazzo non si muove:

Avanti, avanti!

Poi, tirandolo avanti, cercando di fargli tener ritto il capo che ogni volta ricasca giù:

Ah, dico, un bel guajo, anche questo ragazzo... Ma com'è?... Dio mio, bisognerebbe pure che qualche cosa dicesse...

Gli s'appresserà, gli poserà una mano sulla spalla, lo condurrà dietro allo spezzato d'alberi.

Venga, venga un po': mi faccia vedere! Si nasconda un po' qua... Così... Si provi a sporgere un po' il capo, a spiare...

Si scosterà per vedere l'effetto: e appena il Giovinetto eseguirà l'azione tra lo sgomento degli Attori che restano impressionatissimi:

Ah, benissimo... benissimo

Rivolgendosi alla Figliastra:

E dico, se la bambina, sorprendendolo così a spiare, accorresse a lui e gli cavasse di bocca almeno qualche parola?

LA FIGLIASTRA
(*sorgendo in piedi*). Non speri che parli, finché c'è quello lì!

Indicherà il Figlio.

Bisognerebbe che lei mandasse via, prima, quello lì.

IL FIGLIO
(*avviandosi risoluto verso una delle due scalette*). Ma prontissimo! Felicissimo! Non chiedo di meglio!

IL CAPOCOMICO
(*subito trattenendolo*). No! Dove va? Aspetti!

La Madre si alzerà, sgomenta, angosciata dal pensiero che egli se ne vada davvero, e istintivamente leverà le braccia quasi per trattenerlo, pur senza muoversi dal suo posto.

IL FIGLIO
(*arrivando alla ribalta, al Capocomico che lo tratterrà*). Non ho proprio nulla, io, da far qui! Me ne lasci andare, la prego! Me ne lasci andare!

IL CAPOCOMICO
Come non ha nulla da fare?

LA FIGLIASTRA

(*placidamente, con ironia*). Ma non lo trattenga! Non se ne va!

IL PADRE

Deve rappresentare la terribile scena del giardino con sua madre!

IL FIGLIO

(*subito, risoluto, fieramente*). Io non rappresento nulla! E l'ho dichiarato fin da principio!

Al Capocomico:

Me ne lasci andare!

LA FIGLIASTRA

(*accorrendo, al Capocomico*). Permette, signore?

Gli farà abbassare le braccia, con cui trattiene il Figlio.

Lo lasci!

Poi, rivolgendosi a lui, appena il Capocomico lo avrà lasciato:

Ebbene, vattene!

Il Figlio resterà proteso verso la scaletta, ma, come legato da un potere occulto, non potrà scenderne gli scalini; poi, tra lo stupore e lo sgomento ansioso degli Attori, si moverà lentamente lungo la ribalta, diretto all'altra scaletta del palcoscenico; ma giuntovi, resterà anche lì proteso, senza poter discendere. La Figliastra, che lo avrà seguito con gli occhi in atteggiamento di sfida, scoppierà a ridere.

– Non può, vede? non può! Deve restar qui, per forza, legato alla catena, indissolubilmente. Ma se io che prendo il volo, signore, quando accade ciò che deve accadere – proprio per l'odio che sento per lui, proprio per non vedermelo più davanti – ebbene, se io sono ancora qua, e sopporto la sua vista e la sua compagnia – si figuri se può andarsene via lui che deve, deve restar qua veramente con questo suo bel padre, e quella madre là, senza più altri figli che lui...

Rivolgendosi alla Madre:

– E su, su, mamma! Vieni...

Rivolgendosi al Capocomico per indicargliela:

– Guardi, s'era alzata, s'era alzata per trattenerlo...

Alla Madre, quasi attirandola per virtù magica:

– Vieni, vieni...

Poi, al Capocomico:

– Immagini che cuore può aver lei di dimostrare qua ai suoi attori quello che prova; ma è tanta la brama d'accostarsi a lui, che – eccola – vede? – è disposta a vivere la sua scena!

Difatti la Madre si sarà accostata, e appena la Figliastra finirà di proferire le ultime parole, aprirà le braccia per significare che acconsente.

IL FIGLIO
(*subito*). Ah, ma io no! Io no! Se non me ne posso andare, resterò qua; ma le ripeto che io non rappresento nulla!

IL PADRE
(*al Capocomico, fremendo*). Lei lo può costringere, signore!

IL FIGLIO
Non può costringermi nessuno!

IL PADRE
Ti costringerò io!

Aspettate! Aspettate! Prima, la bambina alla vasca!

Correrà a prendere la Bambina, si piegherà sulle gambe davanti a lei, le prenderà la faccina tra le mani.

Povero amorino mio, tu guardi smarrita, con codesti occhioni belli: chi sa dove ti par d'essere! Siamo su un palcoscenico, cara! Che cos'è un palcoscenico? Ma, vedi? un luogo dove si giuoca a far sul serio. Ci si fa la commedia. E noi faremo ora la commedia. Sul serio, sai! Anche tu...

L'abbraccerà, stringendosela sul seno e dondolandosi un po'.

Oh amorino mio, amorino mio, che brutta commedia farai tu! che cosa orribile è stata pensata per te! Il giardino, la vasca... Eh, finta, si sa! Il guajo è questo, carina: che è tutto finto, qua! Ah, ma già forse a te bambina, piace più una vasca finta che una vera; per poterci giocare, eh? Ma no, sarà per gli altri un gioco; non per te, purtroppo, che sei vera, amorino, e che giochi per davvero in una vasca vera, bella, grande, verde, con tanti bambù che vi fanno l'ombra, specchiandovisi, e tante tante anatrelle che vi nuotano sopra, rompendo quest'ombra. Tu la vuoi acchiappare, una di queste anatrelle...

Con un urlo che riempie tutti di sgomento:

no, Rosetta mia, no! La mamma non bada a te, per quella canaglia di figlio là! Io sono con tutti i miei diavoli in testa... E quello lì...

Lascerà la Bambina e si rivolgerà col solito piglio al Giovinetto:

Che stai a far qui, sempre con codest'aria di mendico? Sarà anche per causa tua, se quella piccina affoga: per codesto tuo star così, come se io facendovi entrare in casa non avessi pagato per tutti!

Afferrandogli un braccio per forzarlo a cacciar fuori dalla tasca una mano:

Che hai lì? Che nascondi? Fuori, fuori questa mano!

Gli strapperà la mano dalla tasca e, tra l'orrore di tutti, scoprirà ch'essa impugna una rivoltella. Lo mirerà un po' come soddisfatta: poi dirà, cupa:

Ah! Dove, come te la sei procurata?

E, poiché il Giovinetto, sbigottito, sempre con gli occhi sbarrati e vani, non risponderà:

Sciocco, in te, invece d'ammazzarmi, io, avrei ammazzato uno di quei due; o tutti e due: il padre e il figlio!

Lo ricaccerà dietro al cipressetto da cui stava a spiare; poi prenderà la Bambina e la calerà dentro la vasca, mettendovela a giacere in modo che resti nascosta; infine, si accascerà lì, col volto tra le braccia appoggiate all'orlo della vasca.

IL CAPOCOMICO
Benissimo

Rivolgendosi al Figlio.

E contemporaneamente...

IL FIGLIO
(*con sdegno*). Ma che contemporaneamente! Non è vero, signore! Non c'è stata nessuna scena tra me e lei!

Indicherà la Madre.

Se lo faccia dire da lei stessa, come è stato.

Intanto la Seconda Donna e l'Attor Giovane si saranno stac-
cati dal gruppo degli Attori e l'una si sarà messa a osservare
con molta attenzione la Madre che le starà di fronte, e l'altro il
Figlio, per poterne poi rifare le parti.

LA MADRE
Sì, è vero, signore! Io ero entrata nella sua camera.

IL FIGLIO
Nella mia camera, ha inteso? Non nel giardino!

IL CAPOCOMICO
Ma questo non ha importanza! Bisogna raggruppar l'azione, ho detto!

IL FIGLIO
(*scorgendo l'Attor Giovane che l'osserva*). Che cosa vuol lei?

L'ATTOR GIOVANE
Niente; la osservo.

IL FIGLIO
(*voltandosi dall'altra parte, alla Seconda Donna*). Ah – e qua
c'è lei? Per rifar la sua parte?

Indicherà la Madre.

IL CAPOCOMICO
Per l'appunto! Per l'appunto! E dovrebbe esser grato, mi
sembra, di questa loro attenzione!

IL FIGLIO
Ah, sì! Grazie! Ma non ha ancora compreso che questa
commedia lei non la può fare? Noi non siamo mica dentro
di lei, e i suoi attori stanno a guardarci da fuori. Le par
possibile che si viva davanti a uno specchio che, per di
più, non contento d'agghiacciarci con l'immagine della
nostra stessa espressione, ce la ridà come una smorfia irri-
conoscibile di noi stessi?

120

IL PADRE

Questo è vero! Questo è vero! Se ne persuada!

IL CAPOCOMICO

(all'Attor Giovane e alla Seconda Donna). Va bene, si levino davanti!

IL FIGLIO

È inutile! Io non mi presto.

IL CAPOCOMICO

Si stia zitto, adesso, e mi lasci sentir sua madre!

Alla Madre:

Ebbene? Era entrata?

LA MADRE

Sissignore, nella sua camera, non potendone più. Per votarmi il cuore di tutta l'angoscia che m'opprime. Ma appena lui mi vide entrare –

IL FIGLIO

– nessuna scena! Me ne andai; me n'andai per non fare una scena. Perché non ho mai fatto scene, io; ha capito?

LA MADRE

È vero! È così. È così!

IL CAPOCOMICO

Ma ora bisogna pur farla questa scena tra lei e lui! È indispensabile!

c'è, malgrado tutto, anche il bisogno d'autore...

LA MADRE

Per me, signore, io sono qua! Magari mi desse lei il modo di potergli parlare un momento, di potergli dire tutto quello che mi sta nel cuore.

IL PADRE

(appressandosi al Figlio, violentissimo). Tu la farai! per tua madre! per tua madre!

121

IL FIGLIO

(*più che mai risoluto*). Non faccio nulla!

IL PADRE

(*afferrandolo per il petto, e scrollandolo*). Per Dio, obbedisci! Obbedisci! Non senti come ti parla? Non hai viscere di figlio?

IL FIGLIO

(*afferrandolo anche lui*). No! No! e finiscila una buona volta!

Concitazione generale. La Madre, spaventata, cercherà di interporsi, di separarli.

LA MADRE

(*c. s.*). Per carità! Per carità!

IL PADRE

(*senza lasciarlo*). Devi obbedire! Devi obbedire!

IL FIGLIO

(*colluttando con lui e alla fine buttandolo a terra presso la scaletta, tra l'orrore di tutti*). Ma che cos'è codesta frenesia che t'ha preso? Non ha ritegno di portare davanti a tutti la sua vergogna e la nostra! Io non mi presto! non mi presto! E interpreto così la volontà di chi non volle portarci sulla scena!

IL CAPOCOMICO

Ma se ci siete venuti!

IL FIGLIO

(*additando il Padre*). Lui, non io!

IL CAPOCOMICO

E non è qua anche lei?

IL FIGLIO

C'è voluto venir lui, trascinandoci tutti e prestandosi anche a combinare di là insieme con lei non solo quello che è realmente avvenuto; ma come se non bastasse, anche quello che non c'è stato!

IL CAPOCOMICO

Ma dica, dica lei almeno che cosa c'è stato! Lo dica a me! Se n'è uscito dalla sua camera, senza dir nulla?

IL FIGLIO

(*dopo un momento d'esitazione*). Nulla. Proprio, per non fare una scena!

IL CAPOCOMICO

(*incitandolo*). Ebbene, e poi? che ha fatto?

IL FIGLIO

(*tra l'angosciosa attenzione di tutti, movendo alcuni passi sul palcoscenico*). Nulla. Attraversando il giardino...

S'interromperà, fosco, assorto.

IL CAPOCOMICO

(*spingendolo sempre più a dire, impressionato dal ritegno di lui*). Ebbene? attraversando il giardino?

IL FIGLIO

(*esasperato, nascondendo il volto con un braccio*). Ma perché mi vuol far dire, signore? È orribile!

La Madre tremerà tutta, con gemiti soffocati, guardando verso la vasca.

IL CAPOCOMICO

(*piano, notando quello sguardo, si rivolgerà al Figlio con crescente apprensione*). La bambina?

IL FIGLIO

(*guardando davanti a sé, nella sala*). Là, nella vasca...

IL PADRE

(*a terra, indicando pietosamente la Madre*). E lei lo seguiva, signore!

123

IL CAPOCOMICO

(*al Figlio, con ansia*). E allora, lei?

IL FIGLIO

(*lentamente, sempre guardando davanti a sé*). Accorsi; mi precipitai per ripescarla... Ma a un tratto m'arrestai, perché dietro quegli alberi vidi una cosa che mi gelò: il ragazzo, il ragazzo che se ne stava lì fermo, con occhi da pazzo, a guardare nella vasca la sorellina affogata.

La Figliastra, rimasta curva presso la vasca a nascondere la Bambina, risponderà come un'eco dal fondo, singhiozzando perdutamente.

Pausa.

Feci per accostarmi; e allora...

Rintronerà dietro gli alberi, dove il Giovinetto è rimasto nascosto, un colpo di rivoltella.

LA MADRE

(*con un grido straziante, accorrendo col Figlio e con tutti gli Attori in mezzo al subbuglio generale*). Figlio! Figlio mio!

E poi, fra la confusione e le grida sconnesse degli altri:

Ajuto! Ajuto!

IL CAPOCOMICO

(*tra le grida, cercando di farsi largo, mentre il Giovinetto sarà sollevato da capo e da piedi e trasportato via, dietro la tenda bianca*). S'è ferito? s'è ferito davvero?

Tutti, tranne il Capocomico e il Padre, rimasto per terra presso la scaletta, saranno scomparsi dietro il fondalino abbassato, che fa da cielo, e vi resteranno un po' parlottando angosciosamente. Poi, da una parte e dall'altra di esso, rientreranno in iscena gli Attori.

LA PRIMA ATTRICE

(*rientrando da destra, addolorata*). È morto! Povero ragazzo!
È morto! Oh che cosa!

IL PRIMO ATTORE

(*rientrando da sinistra, ridendo*). Ma che morto! Finzione!
finzione! Non ci creda!

ALTRI ATTORI DA DESTRA

Finzione? Realtà! realtà! È morto!

ALTRI ATTORI DA SINISTRA

No! Finzione! Finzione!

IL PADRE

(*levandosi e gridando tra loro*). Ma che finzione! Realtà,
realtà signori! realtà!

E scomparirà anche lui, disperatamente, dietro il fondalino.

IL CAPOCOMICO

(*non potendone più*). Finzione! realtà! Andate al diavolo
tutti quanti! Luce! Luce! Luce!

*D'un tratto, tutto il palcoscenico e tutta la sala del teatro sfol-
goreranno di vivissima luce. Il Capocomico rifiaterà come liberato da un incubo, e tutti si guarderanno negli occhi, sospesi e
smarriti.*

Ah! Non m'era mai capitata una cosa simile! Mi hanno
fatto perdere una giornata!

Guarderà l'orologio.

Andate, andate! Che volete più fare adesso? Troppo tardi
per ripigliare la prova. A questa sera!

E appena gli Attori se ne saranno andati, salutandolo:

Ehi, elettricista, spegni tutto!

Non avrà finito di dirlo, che il teatro piomberà per un attimo nella più fitta oscurità.

Eh, perdio! Lasciami almeno accesa una lampadina, per vedere dove metto i piedi!

Subito, dietro il fondalino, come per uno sbaglio d'attacco, s'accenderà un riflettore verde, che proietterà, grandi e spiccate, le ombre dei Personaggi, meno il Giovinetto e la Bambina. Il Capocomico, vedendole, schizzerà via dal palcoscenico, atterrito. Contemporaneamente si spegnerà il riflettore dietro il fondalino, e si rifarà sul palcoscenico il notturno azzurro di prima. Lentamente, dal lato destro della tela verrà prima avanti il Figlio, seguito dalla Madre con le braccia protese verso di lui; poi dal lato sinistro il Padre. Si fermeranno a metà del palcoscenico, rimanendo lì come forme trasognate. Verrà fuori, ultima, da sinistra, la Figliastra che correrà verso una delle scalette; sul primo scalino si fermerà un momento a guardare gli altri tre e scoppierà in una stridula risata, precipitandosi poi giù per la scaletta; correrà attraverso il corridojo tra le poltrone; si fermerà ancora una volta e di nuovo riderà, guardando i tre rimasti lassù; scomparirà dalla sala, e ancora, dal ridotto, se ne udrà la risata. Poco dopo calerà la tela.

Enrico IV

Personaggi

...... (Enrico IV)
La *Marchesa* Matilde Spina
Sua figlia Frida
Il giovane Marchese Carlo di Nolli
Il Barone Tito Belcredi
Il Dottor Dionisio Genoni
I quattro finti Consiglieri Segreti:
1° Landolfo (*Lolo*)
2° Arialdo (*Franco*)
3° Ordulfo (*Momo*)
4° Bertoldo (*Fino*)
Il vecchio cameriere, Giovanni
Due valletti *in costume*

In una villa solitaria della campagna umbra
ai nostri giorni.

N.B. – Sarà chiuso dentro una parentesi quadra [ ] un breve passo del I atto, che nella rappresentazione della tragedia sarà bene omettere per la necessaria rapidità dell'azione.

Atto primo

Salone nella villa rigidamente parato in modo da figurare quella che poté essere la sala del trono di Enrico IV nella ca-. sa imperiale di Goslar. Ma in mezzo agli antichi arredi due grandi ritratti a olio moderni, di grandezza naturale, avventano dalla parete di fondo, collocati a poca altezza dal suolo su uno zoccolo di legno lavorato che corre lungo tutta la parete (largo e sporgente in modo da potercisi mettere a sedere come su una lunga panconata), uno a destra e uno a sinistra del trono che, nel mezzo della parete, interrompe lo zoccolo e vi si inserisce col suo seggio imperiale e il suo basso baldacchino. I due ritratti rappresentano un signore e una signora, giovani entrambi, camuffati in costume carnevalesco, l'uno da «Enrico IV» e l'altra da «Matilde di Toscana». Usci a destra e a sinistra.

Al levarsi della tela i due valletti, come sorpresi, balzano dallo zoccolo su cui stanno sdrajati, e vanno a impostarsi come statue, uno di qua e uno di là ai piedi del trono, con le loro alabarde. Poco dopo dal secondo uscio a destra entrano Arialdo, Landolfo, Ordulfo e Bertoldo: giovani stipendiati dal marchese Carlo di Nolli perché fingano le parti di «Consiglieri segreti», vassalli regali della bassa aristocrazia alla Corte di Enrico IV. Vestono perciò in costume di cavalieri tedeschi del secolo XI. L'ultimo, Bertoldo, di nome Fino, *assume ora per la prima volta il servizio. I tre compagni lo ragguagliano pigliandoselo a godere. Tutta la scena va recitata con estrosa vivacità.*

LANDOLFO
(*a Bertoldo come seguitando una spiegazione*). E questa è la sala del trono!

ARIALDO
A Goslar!

ORDULFO
O anche, se vuoi, nel Castello dell'Hartz!

ARIALDO
O a Worms.

LANDOLFO
Secondo la vicenda che rappresentiamo, balza con noi, ora qua, ora la.

ORDULFO
In Sassonia!

ARIALDO
In Lombardia!

LANDOLFO
Sul Reno!

UNO DEI VALLETTI
(*senza scomporsi, movendo appena le labbra*). Ps! Ps!

ARIALDO
(*voltandosi al richiamo*). Che cos'è?

PRIMO VALLETTO
(*sempre come una statua, sottovoce*). Entra o non entra?

allude a Enrico IV.

ORDULFO
No no. Dorme; state pur comodi.

SECONDO VALLETTO

(*scomponendosi insieme col primo, rifiatando e andando a sdrajarsi di nuovo sullo zoccolo*). Eh, santo Dio, potevate dircelo!

PRIMO VALLETTO

(*accostandosi ad Arialdo*). Per favore, ci avrebbe un fiammifero?

LANDOLFO

Ohi! La pipa no, qua dentro!

PRIMO VALLETTO

(*mentre Arialdo gli porge un fiammifero acceso*). No, fumo una sigaretta.

Accende e va a sdrajarsi anche lui, fumando, sullo zoccolo.

BERTOLDO

(*che è stato a osservare, tra meravigliato e perplesso, guardando in giro la sala, e poi guardando il suo abito e quello dei compagni*). Ma, scusate... questa sala... questo vestiario... Che Enrico IV?... Io non mi raccapezzo bene: – È o non è quello di Francia?

A questa domanda, Landolfo, Arialdo e Ordulfo scoppiano a ridere fragorosamente.

LANDOLFO

(*sempre ridendo e indicando ai compagni, che seguitano anch'essi a ridere, Bertoldo, come per invitarli a farsi ancora beffe di lui*). Quello di Francia, dice!

ORDULFO

(*c. s.*) Ha creduto quello di Francia!

ARIALDO

Enrico IV di Germania, caro mio! Dinastia dei Salii!

ORDULFO

Il grande e tragico imperatore!

LANDOLFO

Quello di Canossa! Sosteniamo qua, giorno per giorno, la spaventosissima guerra tra Stato e Chiesa! Oh!

ORDULFO

L'Impero contro il Papato! Oh!

ARIALDO

Antipapi contro i Papi!

LANDOLFO

I re contro gli antiré!

ORDULFO

E guerra contro i Sassoni!

ARIALDO

E tutti i principi ribelli!

LANDOLFO

Contro i figli stessi dell'Imperatore!

BERTOLDO

(*sotto questa valanga di notizie riparandosi la testa con le mani*). Ho capito! ho capito! – Perciò non mi raccapezzavo, vedendomi parato così ed entrando in questa sala! Ho detto bene: non era vestiario, questo, del mille e cinquecento!

ARIALDO

Ma che mille e cinquecento!

ORDULFO

Qua siamo tra il mille e il mille e cento!

LANDOLFO

Puoi farti il conto: se il 25 gennaio del 1071 siamo davanti a Canossa...

BERTOLDO

(*smarrendosi più che mai*). Oh Dio mio, ma allora è una rovina!

ORDULFO

Eh già! Se credeva d'essere alla Corte di Francia!

BERTOLDO

Tutta la mia preparazione storica...

LANDOLFO

Siamo, caro mio, quattrocent'anni prima! Ci sembri un ragazzino!

BERTOLDO

(*arrabbiandosi*). Ma me lo potevano dire, per Dio santo, che si trattava di quello di Germania e non d'Enrico IV di Francia! Nei quindici giorni che m'accordarono per la preparazione, lo so io quanti libri ho scartabellato!

ARIALDO

Ma scusa, non lo sapevi che qua il povero Tito era Adalberto di Brema?

BERTOLDO

Ma che Adalberto! Sapevo un corno io!

LANDOLFO

No, vedi com'è? Morto Tito, il marchesino di Nolli...

BERTOLDO

È stato proprio lui, il marchesino! Che ci voleva a dirmi...?

ARIALDO

Ma forse credeva che lo sapessi!

LANDOLFO

Non voleva più assumere nessun altro in sostituzione. Tre, quanti restavamo, gli pareva che potessimo bastare. Ma lui cominciò a gridare: «Cacciato via Adalberto» – (perché il povero Tito, capisci? non gli parve che morisse, ma che nella veste del vescovo Adalberto gliel'avessero cacciato via dalla Corte i vescovi rivali di Colonia e di Magonza). –

BERTOLDO

(*prendendosi e tenendosi con tutte e due le mani la testa*). Ma non ne so una saetta, io, di tutta questa storia!

ORDULFO

Eh, stai fresco, allora, caro mio!

ARIALDO

E il guajo è che non lo sappiamo neanche noi, chi sei tu.

BERTOLDO

Neanche voi? Chi debbo rappresentare io, non lo sapete?

ORDULFO

Uhm! «Bertoldo».

BERTOLDO

Ma chi, Bertoldo? Perché Bertoldo?

LANDOLFO

«Mi hanno cacciato via Adalberto? E io allora voglio Bertoldo! voglio Bertoldo!» – cominciò a gridare così.

ARIALDO

Noi ci guardammo tutti e tre negli occhi: Chi sarà questo Bertoldo?

ORDULFO

Ed eccoti qua «Bertoldo», caro mio!

LANDOLFO

Ci farai una bellissima figura!

BERTOLDO

(*ribellandosi e facendo per avviarsi*). Ah, ma io non la fo! Grazie tante! Io me ne vado! Me ne vado!

ARIALDO

(*trattenendolo insieme con Ordulfo tra le risa*). No, càlmati, càlmati!

ORDULFO

Non sarai mica il Bertoldo della favola!

LANDOLFO

E ti puoi confortare, che non lo sappiamo neanche noi,
del resto, chi siamo. Lui, Arialdo; lui, Ordulfo; io, Landolfo... Ci chiama così. Ci siamo ormai abituati. Ma chi siamo? – Nomi del tempo! – Un nome del tempo sarà anche
il tuo: «Bertoldo». – Uno solo tra noi, il povero Tito, aveva una bella parte assegnata, come si legge nella storia:
quella del vescovo di Brema. Pareva un vescovo davvero,
oh! Magnifico, povero Tito!

ARIALDO

Sfido, se l'era potuta studiar bene sui libri lui!

LANDOLFO

E comandava anche a Sua Maestà: s'imponeva, lo guida-
va, da quasi tutore e consigliere. Siamo «consiglieri segreti» anche noi, per questo, ma così, di numero; perché nella storia è scritto che Enrico IV era odiato dall'alta aristocrazia per essersi circondato a Corte da giovani della
bassa.

ORDULFO

Che saremmo noi.

LANDOLFO

Già, piccoli vassalli regali; devoti; un po' dissoluti; alle-
gri...

BERTOLDO

Devo anche essere allegro?

ARIALDO

Eh, altro! Come noi!

ORDULFO

E non è mica facile, sai?

LANDOLFO

Peccato veramente! Perché, come vedi, qua l'apparato ci

sarebbe; il nostro vestiario si presterebbe a fare una bellissima comparsa in una rappresentazione storica, a uso di quelle che piacciono tanto oggi nei teatri. E stoffa, oh, stoffa da cavarne non una ma parecchie tragedie, la storia di Enrico IV la offrirebbe davvero. Mah! Tutti e quattro qua, e quei due disgraziati là (*indica i valletti*) quando stanno ritti impalati ai piedi del trono, siamo... siamo così, senza nessuno che ci metta su e ci dia da rappresentare qualche scena. C'è, come vorrei dire? la forma, e ci manca il contenuto! – Siamo peggio dei veri consiglieri segreti di Enrico IV; perché sì, nessuno neanche a loro aveva dato da rappresentare una parte; ma essi, almeno, non sapevano di doverla rappresentare: la rappresentavano perché la rappresentavano: non era una parte, era la loro vita, insomma; facevano i loro interessi a danno degli altri; vendevano le investiture, e che so io. Noi altri, invece, siamo qua, vestiti così, in questa bellissima Corte... – per far che? niente... Come sei pupazzi appesi al muro, che aspettano qualcuno che li prenda e che li muova così o così e faccia dir loro qualche parola.

ARIALDO

Eh no, caro mio! Scusa! Bisogna rispondere a tono! Saper rispondere a tono! Guai se lui ti parla e tu non sei pronto a rispondergli come vuol lui!

LANDOLFO

Già, questo sì, questo sì, è vero!

BERTOLDO

E hai detto niente! Come faccio a rispondergli a tono, che mi son preparato per Enrico IV di Francia, e mi spunta, qua, ora, un Enrico IV di Germania?

Landolfo, Ordulfo, Arialdo tornano a ridere.

ARIALDO

Eh, bisogna che tu rimedii subito subito!

ORDULFO

Va' la! T'ajuteremo noi.

ARIALDO

Ci abbiamo di là tanti libri. Ti basterà in prima una bella ripassatina.

ORDULFO

Saprai all'ingrosso qualche cosa...

ARIALDO

Guarda! (*Lo fa voltare e gli mostra nella parete di fondo il ritratto della marchesa Matilde*). – Chi è per esempio quella lì?

BERTOLDO

(*guardando*). Quella lì? Eh, mi sembra, scusate, prima di tutto una bella stonatura: due quadri moderni qua in mezzo a tutta questa rispettabile antichità.

ARIALDO

Hai ragione. E difatti prima non c'erano. Ci sono due nicchie, là dietro quei due quadri. Ci si dovevano collocare due statue, scolpite secondo lo stile del tempo. Rimaste vuote, sono state coperte da quelle due tele là.

LANDOLFO

(*interrompendolo e seguitando*). Che sarebbero certo una stonatura, se veramente fossero quadri.

BERTOLDO

E che sono? non sono quadri!

LANDOLFO

Sì, se vai a toccarli: quadri. Ma per lui (*accenna misteriosamente a destra, alludendo a Enrico IV*) – che non li tocca...

137

BERTOLDO

No? E che sono allora per lui?

LANDOLFO

Oh, interpreto, bada! Ma credo che in fondo sia giusto. Immagini, sono. Immagini, come... ecco, come le potrebbe ridare uno specchio, mi spiego? Là, quella (*indica il ritratto di Enrico IV*) rappresenta lui, vivo com'è, in questa sala del trono, che è anch'essa come dev'essere, secondo lo stile dell'epoca. Di che ti meravigli, scusa? Se ti mettono davanti uno specchio, non ti ci vedi forse vivo, d'oggi, vestito così di spoglie antiche? Ebbene, lì, è come se ci fossero due specchi, che ridanno immagini vive, qua in mezzo a un mondo che – non te ne curare – vedrai, vedrai, vivendo con noi, come si ravviverà tutto anch'esso.

BERTOLDO

Oh! Badate che io non voglio impazzire qua!

ARIALDO

Ma che impazzire! Ti divertirai!

BERTOLDO

Oh, ma dico, e com'è che voi siete diventati tutti così sapienti?

LANDOLFO

Caro mio, non si ritorna indietro d'ottocent'anni nella storia senza portarsi appresso un po' di esperienza!

ARIALDO

Andiamo, andiamo! Vedrai come, in poco tempo, ti assorbiremo in essa.

ORDULFO

E diventerai, a questa scuola, sapiente anche tu!

BERTOLDO

Sì, per carità, ajutatemi subito! Datemi almeno le notizie principali.

ARIALDO

Lascia fare a noi! Un po' l'uno, un po' l'altro...

LANDOLFO

Ti legheremo i fili e ti metteremo in ordine, come il più adatto e compìto dei fantocci. Andiamo, andiamo!

Lo prende sotto il braccio per condurlo via.

BERTOLDO

(*fermandosi e guardando verso il ritratto alla parete*). Aspettate! Non mi avete detto chi è quella lì. La moglie dell'Imperatore?

ARIALDO

No. La moglie dell'Imperatore è Berta di Susa, sorella di Amedeo II di Savoia.

ORDULFO

E l'Imperatore, che vuol esser giovane con noi, non può soffrirla e pensa di ripudiarla.

LANDOLFO

Quella è la sua più feroce nemica: Matilde, la marchesa di Toscana.

BERTOLDO

Ah, ho capito, quella che ospitò il Papa...

LANDOLFO

A Canossa, appunto!

ORDULFO

Papa Gregorio VII.

ARIALDO

Il nostro spauracchio! Andiamo, andiamo!

Si avviano tutti e quattro per uscire dall'uscio a destra per cui sono entrati, quando dall'uscio a sinistra sopravviene il vecchio cameriere Giovanni, in marsina.

GIOVANNI

(*in fretta, con ansia*). Oh! Ps! Franco! Lolo!

ARIALDO

(*arrestandosi e voltandosi*). Che vuoi?

BERTOLDO

(*meravigliato di vederlo entrare in marsina nella sala del trono*). Oh! E come? Qua dentro, lui?

LANDOLFO

Un uomo del mille e novecento! Via!

Gli corre incontro minacciosamente per burla con gli altri due per scacciarlo.

ORDULFO

Messo di Gregorio VII, via!

ARIALDO

Via! Via!

GIOVANNI

(*difendendosi, seccato*). E finitela!

ORDULFO

No! Tu non puoi metter piede qua dentro!

ARIALDO

Fuori! Fuori!

LANDOLFO

(*a Bertoldo*). Sortilegio, sai! Demonio evocato dal Mago di Roma! Cava, cava la spada!

(*fa per cavare la spada anche lui.*)

GIOVANNI

(*gridando*). Finitela, vi dico! Non fate i matti con me! È arrivato il signor Marchese in comitiva...

LANDOLFO

(*stropicciandosi le mani*). Ah! Benissimo! Ci sono signore?

ORDULFO

(*c. s.*). Vecchie? Giovani?

GIOVANNI

Ci sono due signori.

ARIALDO

Ma le signore, le signore, chi sono?

GIOVANNI

La signora Marchesa con la figlia.

LANDOLFO

(*meravigliato*). Oh! E come?

ORDULFO

(*c. s.*). La Marchesa, hai detto?

GIOVANNI

La Marchesa! La Marchesa!

ARIALDO

E i signori?

GIOVANNI

Non lo so.

ARIALDO

(*a Bertoldo*). Vengono a darci il contenuto, capisci?

ORDULFO

Tutti messi di Gregorio VII! Ci divertiremo!

GIOVANNI

Insomma mi lasciate dire?

ARIALDO

Di'! Di'!

GIOVANNI

Pare che uno di quei due signori sia un medico.

LANDOLFO

Oh! Abbiamo capito, uno dei soliti medici!

141

ARIALDO

Bravo, Bertoldo! Tu porti fortuna!

LANDOLFO

Vedrai come ce lo lavoreremo, questo signor medico!

BERTOLDO

Io penso che mi troverò, così subito, in un bell'impiccio!

GIOVANNI

Statemi a sentire! Vogliono entrare qua nella sala.

LANDOLFO

(*meravigliato e costernato*). Come! Lei? La Marchesa, qua?

ARIALDO

Altro che contenuto, allora!

LANDOLFO

Nascerà davvero la tragedia!

BERTOLDO

(*incuriosito*). Perché? Perché?

ORDULFO

(*indicando il ritratto*). Ma è quella lì, non capisci?

LANDOLFO

La figliuola è la fidanzata del marchese.

ARIALDO

Ma che sono venuti a fare? Si può sapere?

ORDULFO

Se lui la vede, guai!

LANDOLFO

Ma forse ormai non la riconoscerà più!

GIOVANNI

Bisogna che voi, se si sveglia, lo tratteniate di là.

ORDULFO

Sì? Scherzi? E come?

ARIALDO

Sai bene com'è!

GIOVANNI

Perdio, anche con la forza! – Se mi hanno comandato così! Andate, andate!

ARIALDO

Sì sì, perché forse a quest'ora si sarà già svegliato!

ORDULFO

Andiamo, andiamo!

LANDOLFO

(*avviandosi con gli altri, a Giovanni*). Ma poi ci spiegherai!

GIOVANNI

(*gridando loro dietro*). Chiudete costà, e nascondete la chiave! Anche di quest'altra porta!

(*Indica l'altro uscio a destra.*)
Landolfo, Arialdo e Ordulfo via per il secondo uscio a destra.

GIOVANNI

(*ai due valletti*). Via, via anche voialtri! Di là!

(*indica il primo uscio a destra*)

Richiudete la porta, e via la chiave!

I due valletti escono dal primo uscio a destra. Giovanni si reca all'uscio di sinistra e lo apre per far passare il marchese Di Nolli.

DI NOLLI

Hai dato bene gli ordini?

GIOVANNI

Sì, signor Marchese. Stia tranquillo.

Il Di Nolli riesce per un momento a invitar gli altri a entrare.

Entrano prima il barone Tito Belcredi e il dottor Dionisio Genoni, poi donna Matilde Spina e la marchesina Frida. Giovanni s'inchina ed esce. Donna Matilde Spina è sui 45 anni; ancora bella e formosa, per quanto con troppa evidenza ripari gl'inevitabili guasti dell'età con una violenta ma sapiente truccatura, che le compone una fiera testa di walkiria. Questa truccatura assume un rilievo che contrasta e conturba profondamente nella bocca, bellissima e dolorosa. Vedova da molti anni, ha per amico il barone Tito Belcredi, che né lei né altri han mai preso sul serio, almeno in apparenza. Quel che Tito Belcredi è poi in fondo per lei, lo sa bene lui solo, che perciò può ridere, se la sua amica ha bisogno di fingere di non saperlo; ridere sempre per rispondere alle risa che a suo carico le beffe della marchesa suscitano negli altri. Smilzo, precocemente grigio, un po' più giovane di lei, ha una curiosa testa d'uccello. Sarebbe vivacissimo, se la sua duttile agilità (che lo fa uno spadaccino temutissimo) non fosse come inguainata in una sonnolenta pigrizia d'arabo, che si rivela nella strana voce un po' nasale e strascicata. Frida, la figliuola della marchesa, ha 19 anni. Intristita nell'ombra in cui la madre imperiosa e troppo vistosa la tiene, è anche offesa, in quest'ombra, dalla facile maldicenza che quella provoca, non tanto più a suo danno, quanto a danno di lei. È però già per fortuna fidanzata al marchese Carlo di Nolli: giovine rigido, molto indulgente verso gli altri, ma chiuso e fermo in quel poco che crede di poter essere e valere nel mondo; per quanto forse, in fondo, non lo sappia bene neanche lui stesso. È, a ogni modo, costernato dalle tante responsabilità che crede gravino su lui; così che gli altri sì, gli altri possono parlare, beati loro, e divertirsi; lui no, non perché non vorrebbe, ma perché proprio non può. Veste di strettissimo lutto per la recente morte della madre. Il dottor Dionisio Genoni ha una bella faccia svergognata e rubiconda da satiro; con occhi fuoruscenti, corta barbettina arguta, lucida come d'argento: belle

144

maniere, quasi calvo. Entrano costernati, quasi paurosi, guardando la sala con curiosità (tranne il Di Nolli); e parlano dapprima a bassa voce.

BELCREDI
Ah, magnifico! magnifico!

DOTTORE
Interessantissimo! Anche nelle cose il delirio che torna così appunto! Magnifico, sì sì, magnifico.

DONNA MATILDE
(che ha cercato con gli occhi in giro il suo ritratto, scoprendolo e accostandosi). Ah, eccolo là!

Mirandolo a giusta distanza, mentre insorgono in lei sentimenti diversi.

Sì sì... Oh, guarda... Dio mio...

chiama la figlia:

Frida, Frida... Guarda...

FRIDA
Ah, il tuo ritratto?

DONNA MATILDE
Ma no! Guarda! Non sono io: sei tu, là!

DI NOLLI
Sì, è vero? Ve lo dicevo io.

DONNA MATILDE
Ma non avrei mai creduto tanto!

Scotendosi come per un brivido alla schiena:

Dio, che senso!

Poi, guardando la figliuola:

Ma come, Frida?

Se la stringe accanto, cingendole con un braccio la vita.

Vieni! Non ti vedi in me, tu, là?

FRIDA

Mah! Io, veramente...

DONNA MATILDE

Non ti sembra? Ma come non ti sembra?

Voltandosi al Belcredi:

Guardate voi, Tito! Ditelo voi!

BELCREDI

(*senza guardare*). Ah, no, io non guardo! Per me, *a priori*, no!

DONNA MATILDE

Che stupido! Crede di farmi un complimento!

Rivolgendosi al dottor Genoni:

Dica, dica lei dottore!

DOTTORE

(*fa per accostarsi*).

BELCREDI

(*con le spalle voltate, fingendo di richiamarlo di nascosto*). Ps!
No, dottore! Per carità, non si presti!

DOTTORE

(*smarrito e sorridente*). E perché non mi dovrei prestare?

DONNA MATILDE

Ma non gli dia retta! Venga! È insoffribile!

FRIDA

Fa di professione lo scemo, non lo sa?

BELCREDI

(*al Dottore, vedendolo andare*). Si guardi i piedi, si guardi i
piedi, dottore! i piedi!

DOTTORE

(*c. s.*) I piedi? Perché?

BELCREDI

Ha le scarpe di ferro.

DOTTORE

Io?

BELCREDI

Sissignore. E va incontro a quattro piedini di vetro.

DOTTORE

(*ridendo forte*). Ma no! Mi pare che – dopo tutto – non ci sia da stupirsi che una figlia somigli alla madre...

BELCREDI

Patatràc! Ecco fatto!

DONNA MATILDE

(*esageratamente adirata, venendo incontro al Belcredi*). Perché patatràc? Che cos'è? Che cos'ha detto?

DOTTORE

(*candidamente*). Non è forse così?

BELCREDI

(*rispondendo alla marchesa*). Ha detto che non c'è da stupirsi; mentre voi ne siete tanto stupita. E perché, allora, scusate, se la cosa è per voi adesso così naturale?

DONNA MATILDE

(*ancora più adirata*). Sciocco! Sciocco! Appunto perché è così naturale! Perché non c'è mica mia figlia, là.

Indica la tela.

Quello è il mio ritratto! E trovarci mia figlia, invece che me, m'ha stupito; e il mio stupore, vi prego di credere, è stato sincero, e vi proibisco di metterlo in dubbio!

Dopo questa violenta sfuriata, un momento di silenzio impacciato in tutti.

FRIDA

(*piano, seccata*). Dio mio, sempre così... Per ogni nonnulla, una discussione.

BELCREDI

(*piano anche lui, quasi con la coda tra le gambe, in tono di scusa*). Non ho messo in dubbio nulla, io. Ho notato che tu, fin da principio non hai condiviso lo stupore di tua madre; o, se di qualche cosa ti sei stupita, è stato perché le sembrasse tanta la rassomiglianza tra te e quel ritratto.

DONNA MATILDE

Sfido! Perché lei non può conoscersi in me com'ero alla sua età; mentre io, là, posso bene riconoscermi in lei com'è adesso.

DOTTORE

Giustissimo! Perché un ritratto è lì sempre fisso in un attimo; lontano e senza ricordi per la marchesina; mentre tutto ciò che esso può ricordare alla signora Marchesa: mosse, gesti, sguardi, sorrisi, tante cose che lì non ci sono...

DONNA MATILDE

Ecco, appunto!

DOTTORE

(*seguitando, rivolto a lei*). Lei, naturalmente, può rivederle vive, ora, in sua figlia.

DONNA MATILDE

Ma lui deve guastarmi sempre ogni minimo abbandono al sentimento più spontaneo, così, per il gusto di farmi stizzire.

DOTTORE

(*abbagliato dai lumi che ha dato, ripiglia con un tono professo-*

148

rale, rivolto al Belcredi). La rassomiglianza, caro barone, nasce spesso da cose imponderabili! E così difatti si spiega che...

BELCREDI
(*per interrompere la lezione*). Che qualcuno può trovare anche qualche rassomiglianza tra me e lei, caro professore!

DI NOLLI
Lasciamo andare, lasciamo andare, vi prego.

Accenna ai due usci a destra per avvertire che di là c'è qualcuno che può sentire.

Ci siamo svagati troppo, venendo...

FRIDA
Sfido! Quando c'è lui...

accenna al Belcredi.

DONNA MATILDE
(*subito*). Volevo bene perciò che non venisse!

BELCREDI
Ma se avete fatto tanto ridere alle mie spalle! Che ingratitudine!

DI NOLLI
Basta, ti prego. Tito! Qua c'è il dottore; e siamo venuti per una cosa molto seria, che tu sai quanto mi prema.

DOTTORE
Ecco, sì. Vediamo di precisare bene, prima, alcuni punti. Questo suo ritratto, scusi, signora Marchesa, come si trova qua? Lo regalò lei, allora?

DONNA MATILDE
No, no. A qual titolo avrei potuto regalarglielo? Io ero allora come Frida, e neppure fidanzata. Lo cedetti, tre o

149

quattr'anni dopo la disgrazia: lo cedetti per le vive insistenze di sua madre.

Accenna al Di Nolli.

DOTTORE
Che era sorella di lui?

Accenna verso gli usci a destra, alludendo a Enrico IV.

DI NOLLI
Sì, dottore: ed è un debito – questa nostra venuta qua – verso mia madre, che m'ha lasciato da un mese. Invece di trovarmi qua, io e lei

accenna a Frida

dovremo essere in viaggio...

DOTTORE
E assorti in ben altre cure, capisco!

DI NOLLI
Mah! È morta con la ferma fede che fosse prossima la guarigione di questo suo fratello adorato.

DOTTORE
E non mi può dire scusi, da quali segni lo arguisse?

DI NOLLI
Pare da un certo discorso strano che egli le fece, poco prima che la mamma morisse.

DOTTORE
Un discorso? Ecco... ecco... sarebbe utilissimo, utilissimo conoscerlo, per bacco!

DI NOLLI
Ah, io non lo so! So che la mamma ritornò da quella sua ultima visita, angosciata; perché pare che egli sia stato di una tenerezza insolita, quasi presago della prossima fine di

lei. Dal suo letto di morte, ella si fece promettere da me che non lo avrei mai trascurato; che lo avrei fatto vedere, visitare...

DOTTORE

Ecco. Va bene. Vediamo, vediamo prima... Tante volte, le minime cause... Questo ritratto, dunque...

DONNA MATILDE

Oh Dio, non credo, dottore, che ci si debba dare una soverchia importanza. Ha fatto impressione a me, perché non lo rivedevo da tanti anni.

DOTTORE

Prego, prego... abbia pazienza...

DI NOLLI

Ma sì! Sta lì da una quindicina d'anni...

DONNA MATILDE

Più! Più di diciotto, ormai!

DOTTORE

Prego, scusino; se non sanno ancora che cosa io voglia domandare! Io faccio molto assegnamento, molto, su questi due ritratti, eseguiti, m'immagino, prima della famosa – e disgraziatissima – cavalcata; non è vero?

DONNA MATILDE

Eh, certo!

DOTTORE

Quand'egli era dunque perfettamente in sensi, ecco – volevo dir questo! – Propose lui, a lei, di farselo eseguire?

DONNA MATILDE

Ma no, dottore! Ce lo facemmo eseguire tanti di quelli che prendemmo parte alla cavalcata. Così, per serbarne un ricordo.

BELCREDI

Me lo feci fare anch'io, il mio, di «Carlo d'Angiò»!

DONNA MATILDE

Appena furono pronti i costumi.

BELCREDI

Perché vede? ci fu la proposta di raccoglierli tutti, per ricordo, come in una galleria, nel salone della villa dove si
fece la cavalcata. Ma poi ciascuno volle tenersi il suo.

DONNA MATILDE

E questo mio, come le ho detto, io lo cedetti – senza poi
tanto rincrescimento – perché sua madre...

accenna di nuovo al Di Nolli.

DOTTORE

Non sa se fu lui a richiederlo?

DONNA MATILDE

Ah, non so! Forse... O fu la sorella, per assecondare amorosamente...

DOTTORE

Un'altra cosa, un'altra cosa! L'idea della cavalcata venne
a lui?

BELCREDI

(*subito*). No no, venne a me! venne a me!

DOTTORE

Prego...

DONNA MATILDE

Non gli dia retta. Venne al povero Belassi.

BELCREDI

Ma che Belassi!

DONNA MATILDE

(*al Dottore*). Il conte Belassi, che morì, poverino, due o tre
mesi dopo.

BELCREDI

Ma se non c'era Belassi, quando...

DI NOLLI

(*seccato dalla minaccia di una nuova discussione*). Scusi, dottore, è proprio necessario stabilire a chi venne l'idea?

DOTTORE

Eh sì, mi servirebbe...

BELCREDI

Ma se venne a me! Oh questa è bella! Non avrei mica da gloriarmene, dato l'effetto che poi ebbe, scusate! Fu, guardi, dottore – me ne ricordo benissimo – una sera sui primi di novembre, al Circolo. Sfogliavo una rivista illustrata, tedesca (guardavo soltanto le figure, s'intende, perché il tedesco io non lo so). In una c'era l'Imperatore, in non so quale città universitaria dov'era stato studente.

DOTTORE

Bonn, Bonn.

BELCREDI

Bonn, va bene. Parato, a cavallo, in uno degli strani costumi tradizionali delle antichissime società studentesche della Germania; seguito da un corteo d'altri studenti nobili, anch'essi a cavallo e in costume. L'idea mi nacque da quella vignetta. Perché deve sapere che al Circolo si pensava di fare qualche grande mascherata per il prossimo carnevale. Proposi questa cavalcata storica: storica, per modo di dire: babelica. Ognuno di noi doveva sceglersi un personaggio da rappresentare, di questo o di quel secolo: re o imperatore, o principe, con la sua dama accanto, regina o imperatrice, a cavallo. Cavalli bardati, s'intende, secondo il costume dell'epoca. E la proposta fu accettata.

DONNA MATILDE

Io l'invito lo ebbi da Belassi.

BELCREDI

Appropriazione indebita, se vi disse che l'idea era sua.
Non c'era neppure, vi dico, quella sera al Circolo, quando
feci la proposta. Come non c'era del resto neanche lui!

allude a Enrico IV.

DOTTORE

E lui allora scelse il personaggio di Enrico IV?

DONNA MATILDE

Perché io – indotta nella scelta dal mio nome – così, senza pensarci più che tanto – dissi che volevo essere la *Marchesa Matilde di Toscana.*

DOTTORE

Non... non capisco bene la relazione...

DONNA MATILDE

Eh, sa! Neanch'io da principio, quando mi sentii rispondere da lui, che sarebbe stato allora ai miei piedi, come a
Canossa, Enrico IV. Sì, sapevo di Canossa; ma dico la verità, non mi ricordavo bene la storia; e mi fece anzi una
curiosa impressione, ripassandomela per prepararmi a sostenere la mia parte, ritrovarmi fedelissima e zelantissima
amica di Papa Gregorio VII, in feroce lotta contro l'impero di Germania. Compresi bene allora, perché, avendo io
scelto di rappresentare il personaggio della sua implacabile
nemica, egli mi volle essere accanto, in quella cavalcata,
da Enrico IV.

DOTTORE

Ah! Perché forse...?

BELCREDI

Dottore, Dio mio, perché lui le faceva allora una corte
spietata, e lei

indica la Marchesa

154

naturalmente...

DONNA MATILDE

(*punta, con fuoco*). Naturalmente, appunto! naturalmente,!
E allora più che mai «naturalmente»!

BELCREDI

(*mostrandola*). Ecco: non poteva soffrirlo!

DONNA MATILDE

Ma non è vero! Non mi era mica antipatico. Tutt'altro!
Ma per me, basta che uno voglia farsi prendere sul serio...

BELCREDI

(*seguitando*). Le dà la prova più lampante della sua stupi-
dità!

DONNA MATILDE

No, caro! In questo caso, no. Perché lui non era mica uno
stupido come voi.

BELCREDI

Io non mi sono mai fatto prendere sul serio!

DONNA MATILDE

Ah lo so bene! Ma con lui, però, non c'era da scherzare.

Con altro tono, rivolgendosi al Dottore:

Càpita, tra le tante disgrazie a noi donne, caro dottore, di
vederci davanti, ogni tanto, due occhi che ci guardano
con una contenuta, intensa promessa di sentimento duraturo!

Scoppia a ridere stridulamente.

Niente di più butto. Se gli uomini si vedessero con quel
«duraturo» nello sguardo... – Ne ho riso sempre così! E allora, più che mai. – Ma debbo fare una confessione: posso
farla, adesso dopo venti e più anni. – Quando risi così di

155

lui, fu anche per paura. Perché forse a una promessa di quegli occhi si poteva credere. Ma sarebbe stato pericolosissimo.

DOTTORE

(*con vivo interesse, concentrandosi*). Ecco, ecco, questo – questo m'interesserebbe molto di sapere. – Pericolosissimo?

DONNA MATILDE

(*con leggerezza*). Appunto perché non era come gli altri! E dato che anch'io... sì, via, sono... sono un po' così... più d'un po', per dire la verità...

cerca una parola modesta

– insofferente, ecco, insofferente di tutto quanto è compassato e così afoso! – Ma ero allora troppo giovane, capite? e donna: dovevo rodere il freno. – Ci sarebbe voluto un coraggio, che non mi sentii di avere. – Risi anche di lui. Con rimorso, anzi con un vero dispetto contro me stessa, poi, perché vidi che il mio riso si confondeva con quello di tutti gli altri – sciocchi – che si facevano beffe di lui.

BELCREDI

Press'a poco, come di me.

DONNA MATILDE

Voi fate ridere con la smorfia d'abbassarvi sempre, caro mio, mentre lui, al contrario! C'è una bella differenza! – E poi, a voi, vi si ride in faccia!

BELCREDI

Eh, dico, meglio che alle spalle.

DOTTORE

Veniamo a noi, veniamo a noi! – Dunque, già un po' esaltato era, a quanto mi pare di aver compreso!

156

BELCREDI

Sì, ma in un modo così curioso, dottore!

DOTTORE

Come sarebbe?

BELCREDI

Ecco, direi... a freddo...

DONNA MATILDE

Ma che a freddo! Era così, dottore, Un po' strano, certo; ma perché ricco di vita: estroso!

BELCREDI

Non dico che simulasse l'esaltazione. Al contrario, anzi; s'esaltava spesso veramente. Ma potrei giurare, dottore, che si vedeva subito, lui stesso, nell'atto della sua esaltazione, ecco. E credo che questo dovesse avvenirgli per ogni moto più spontaneo. Dico di più: sono certo che doveva soffrirne. Aveva, a volte, scatti di rabbia comicissimi contro se stesso!

DONNA MATILDE

Quest'è vero!

BELCREDI

(a Donna Matilde). E perché? (Al Dottore) A mio vedere, perché quella subitanea lucidità di rappresentazione lo poneva fuori, a un tratto, d'ogni intimità col suo stesso sentimento, che gli appariva – non finto, perché era sincero – ma come qualche cosa a cui dovesse dare lì per lì il valore... che so? d'un atto d'intelligenza, per sopperire a quel calore di sincerità cordiale, che si sentiva mancare. E improvvisava, esagerava, si lasciava andare, ecco, per stordirsi e non vedersi più. Appariva incostante, fatuo e... sì, diciamolo, anche ridicolo, qualche volta.

DOTTORE

E... dica, insocievole?

BELCREDI

No, che! Ci stava! Concertatore famoso di quadri plastici, di danze, di recite di beneficenza; così per ridere, beninteso! Ma recitava benissimo, sa?

DI NOLLI

Ed è diventato, con la pazzia, un attore magnifico e terribile!

BELCREDI

Ma fin da principio! Si figuri che, quando avvenne la disgrazia, dopo che cadde da cavallo...

DOTTORE

Batté la nuca, è vero?

DONNA MATILDE

Ah, che orrore! Era accanto a me! Lo vidi tra le zampe del cavallo che s'era impennato...

BELCREDI

Ma noi non credemmo affatto dapprima, che si fosse fatto un gran male. Sì, ci fu un arresto, un po' di scompiglio nella cavalcata; si voleva vedere che cosa fosse accaduto; ma già era stato raccolto e trasportato nella villa.

DONNA MATILDE

Niente, sa! Neanche la minima ferita! neanche una goccia di sangue!

BELCREDI

Si credette soltanto svenuto...

DONNA MATILDE

E quando, circa due ore dopo...

BELCREDI

Già, ricomparve nel salone della villa – ecco, questo volevo dire...

DONNA MATILDE

Ah, ma che faccia aveva! Io me ne accorsi subito!

BELCREDI

Ma no! Non dite! Non ce n'accorgemmo nessuno, dottore, capite?

DONNA MATILDE

Sfido! Perché eravate tutti come pazzi!

BELCREDI

Recitava ognuno per burla la sua parte! Era una vera babele!

DONNA MATILDE

Lei immagina, dottore, che spavento, quando si comprese che egli invece, la sua, la recitava sul serio?

DOTTORE

Ah, perché anche lui, allora...?

BELCREDI

Ma sì! Venne in mezzo a noi! Credemmo che si fosse rimesso e che avesse preso a recitare anche lui, come tutti noi..., meglio di noi, perché – come le dico – era bravissimo, lui! Insomma, che scherzasse!

DONNA MATILDE

Cominciarono a fustigarlo...

BELCREDI

E allora... – era armato – da re – sguainò la spada, avventandosi contro due o tre. Fu un momento di terrore per tutti!

DONNA MATILDE

Non dimenticherò mai quella scena, di tutte le nostre facce mascherate, sguaiate e stravolte, davanti a quella terribile maschera di lui, che non era più una maschera, ma la Follìa!

BELCREDI

Enrico IV, ecco! Proprio Enrico IV in persona, in un momento di furore!

DONNA MATILDE

Dovette influire, io dico, l'ossessione di quella mascherata, dottore, l'ossessione che per più di un mese se n'era
fatta. La metteva sempre in tutto ciò che faceva, questa
ossessione!

BELCREDI

Quello che studiò per prepararsi! Fino ai minimi particola-
ri... le minuzie...

DOTTORE

Ah, è facile! Quella che era ossessione momentanea, si
fissò, con la caduta e la percossa alla nuca, che determina-
rono il guasto cerebrale. Si fissò, perpetuandosi. Si può diventare scemi, si può diventare pazzi.

BELCREDI

(a Frida e al Di Nolli). Capite che scherzi, carini miei?

Al Di Nolli:

Tu avevi quattro o cinque anni;

a Frida:

a tua madre pare che tu l'abbia sostituita là in quel ritratto, dove ancora non pensava neppur lontanamente che ti
avrebbe messa al mondo: io sono già coi capelli grigi; e
lui: eccolo là

indica il ritratto

– taf! una botta alla nuca – e non si è più mosso di là: Enrico IV.

DOTTORE

(che se ne è stato assorto a meditare, apre le mani davanti al
volto come per concentrar l'altrui attenzione, e fa per mettersi

160

a dare la sua spiegazione scientifica). Ecco, ecco, dunque, signori miei: è proprio questo...

Ma all'improvviso s'apre il primo uscio a destra (quello più vicino alla ribalta) e viene fuori Bertoldo tutto alterato in viso.

BERTOLDO
(irrompendo come uno che non ne possa più). Permesso? Scusino...

S'arresta però di botto per lo scompiglio che la sua comparsa suscita subito negli altri.

FRIDA
(con un grido di spavento, riparandosi). Oh Dio! Eccolo!

DONNA MATILDE
(ritraendosi sgomenta, con un braccio levato per non vederlo). È lui? È lui?

DI NOLLI
(subito). Ma no! ma no! State tranquille!

DOTTORE
(stupito). E chi è?

BELCREDI
Uno scappato dalla nostra mascherata!

DI NOLLI
È uno dei quattro giovani che teniamo qua, per secondare la sua follia.

BERTOLDO
Io chiedo scusa, signor Marchese...

DI NOLLI
Ma che scusa! Avevo dato ordine che le porte fossero chiuse a chiave, e che nessuno entrasse qua!

BERTOLDO

Sissignore! Ma io non ci resisto! E le chiedo licenza d'andarmene!

DI NOLLI

Ah, voi siete quello che doveva assumere il servizio questa mattina?

BERTOLDO

Sissignore, e le dico che non ci resisto...

DONNA MATILDE

(*al Di Nolli con viva costernazione*). Ma dunque non è così tranquillo, come dicevi?

BERTOLDO

(*subito*). No, no, signora! Non è lui! Sono i miei tre compagni!. Lei dice «secondare», signor Marchese? Ma che secondare! Quelli non secondano: i veri pazzi sono loro! Io entro qua per la prima volta; e, invece di aiutarmi, signor Marchese..

Sopravvengono dallo stesso uscio a destra Landolfo e Arialdo, in fretta, con ansia, ma arrestandosi davanti all'uscio prima di farsi avanti.

LANDOLFO

Permesso?

ARIALDO

Permesso, signor Marchese?

DI NOLLI

Avanti! Ma insomma che cos'è? Che cosa fate?

FRIDA

Oh Dio, io me ne scappo, me ne scappo: ho paura!

fa per avviarsi verso l'uscio a sinistra.

DI NOLLI

(*subito trattenendola*). Ma no, Frida!

LANDOLFO

Signor Marchese, questo sciocco...

indica Bertoldo.

BERTOLDO

(*protestando*). Ah no, grazie tante, cari miei! Io così non ci
sto! non ci sto!

LANDOLFO

Ma come non ci stai?

ARIALDO

Ha guastato tutto, signor Marchese, scappandosene qua!

LANDOLFO

Lo ha fatto montare sulle furie! Non possiamo più trattenerlo di là. Ha dato ordine che sia arrestato, e vuole subito «giudicarlo» dal trono! – Come si fa?

DI NOLLI

Ma chiudete! Chiudete! Andate a chiudere quella porta!

Landolfo va a chiudere.

ARIALDO

Non sarà possibile al solo Ordulfo trattenerlo...

LANDOLFO

Ecco, signor Marchese; se si potesse subito, almeno, an-
nunziargli la loro visita, per distornarlo. Se lor signori
hanno già pensato sotto qual veste presentarsi...

DI NOLLI

Sì sì, s'è pensato a tutto.

Al Dottore:

Se lei, dottore, crede di poter fare subito la visita...

FRIDA

Io no, io no, Carlo! Mi ritiro. E anche tu, mamma, per carità, vieni, vieni con me!

DOTTORE

Dico... non sarà mica ancora armato?

DI NOLLI

Ma no! che armato, dottore!

A Frida:

Scusami, Frida, ma codesto tuo timore è proprio puerile! Sei voluta venire...

FRIDA

Ah non io, ti prego: è stata la mamma!

DONNA MATILDE

(*con risoluzione*). E io sono pronta! Insomma, che dobbiamo fare?

BELCREDI

È proprio necessario, scusate, camuffarci in quel modo?

LANDOLFO

Indispensabile! indispensabile, signore! Eh, pur troppo, ci vede...

mostra il suo costume.

Guai se vedesse lor signori, così, in abiti d'oggi!

ARIALDO

Crederebbe a un travestimento diabolico.

DI NOLLI

Come a voi appajono travestiti loro, così a lui, nei nostri panni, appariremmo travestiti noi.

LANDOLFO

E non sarebbe nulla, forse, signor Marchese, se non do-

vesse parergli che fosse per opera del suo mortale nemico.

BELCREDI

Il Papa Gregorio VII?

LANDOLFO

Appunto! Dice che era un «pagano»!

BELCREDI

Il papa? Non c'è male!

LANDOLFO

Sissignore. E che evocava i morti! Lo accusa di tutte le ar-
ti diaboliche. Ne ha una paura terribile.

DOTTORE

Il delirio persecutorio!

ARIALDO

Infurierebbe!

DI NOLLI

(a Belcredi). Ma non è necessario che tu ci sia, scusa. Noi
ce ne andremo di là. Basta che lo veda il dottore.

DOTTORE

Dice... io solo?

DI NOLLI

Ma ci sono loro!

indica i tre giovani.

DOTTORE

No, no... dico se la signora Marchesa...

DONNA MATILDE

Ma sì! Voglio esserci anch'io! Voglio esserci anch'io! Voglio rivederlo!

FRIDA

Ma perché, mamma? Ti prego... Vieni con noi!

DONNA MATILDE

(*imperiosa*). Lasciami fare! sono venuta per questo!

A Landolfo:

Io sarò «Adelaide», la madre.

LANDOLFO

Ecco, benissimo. La madre dell'imperatrice Berta, benissimo! Basterà allora·che la signora si cinga la corona ducale e indossi un manto che la nasconda tutta.

Ad Arialdo:

Vai, vai, Arialdo!

ARIALDO

Aspetta: e il signore?

accennando al Dottore.

DOTTORE

Ah, sì... abbiamo detto, mi pare, il Vescovo... il Vescovo Ugo di Cluny.

ARIALDO

Il signore vuol dire l'Abate? Benissimo: Ugo di Cluny.

LANDOLFO

È già venuto qua tant'altre volte...

DOTTORE

(*stupito*). Come, venuto?

LANDOLFO

Non abbia paura. Voglio dire che, essendo un travestimento spiccio...

ARIALDO

S'è usato altre volte.

DOTTORE

Ma...

LANDOLFO

Non c'è pericolo che se ne ricordi. Guarda più all'abito che alla persona.

DONNA MATILDE

Questo è bene anche per me, allora.

DI NOLLI

Noi andiamo, Frida! Vieni, vieni con noi, Tito!

BELCREDI

Ah no: se resta lei

indica la Marchesa,

resto anch'io.

DONNA MATILDE

Ma non ho affatto bisogno di voi!

BELCREDI

Non dico che ne abbiate bisogno. Ho piacere di rivederlo anch'io. Non è permesso?

LANDOLFO

Sì, forse sarebbe meglio che fossero in tre.

ARIALDO

E allora, il signore?

BELCREDI

Mah, veda di trovare un travestimento spiccio anche per me.

LANDOLFO

(*ad Arialdo*). Sì, ecco: di cluniacense.

BELCREDI

Cluniacense? Come sarebbe?

LANDOLFO

Una tonaca da benedettino dell'Abazia di Cluny. Figurerà al seguito di Monsignore.

Ad Arialdo:

Vai, vai!

A Bertoldo:

E anche tu, via; e non ti far vedere per tutto quest'oggi!

Ma, appena li vede arrivare,

Aspettate.

A Bertoldo:

Porta qua tu gl'indumenti che lui ti darà!

Ad Arialdo:

E tu vai subito ad annunziare la visita della «Duchessa Adelaide» e di «Monsignore Ugo di Cluny». Intesi?

Arialdo e Bertoldo via per il primo uscio a destra.

DI NOLLI
Noi allora ci ritiriamo.

Via con Frida per l'uscio a sinistra.

DOTTORE
(*a Landolfo*). Mi dovrebbe, credo, veder bene sotto le vesti di Ugo di Cluny.

LANDOLFO
Benissimo. Stia tranquillo. Monsignore è stato sempre accolto qua con grande rispetto. E anche lei, stia tranquilla, signora Marchesa. Ricorda sempre che deve all'intercessione di loro due se, dopo due giorni di attesa, in mezzo alla neve, già quasi assiderato, fu ammesso nel castello di Canossa alla presenza di Gregorio VII che non voleva riceverlo.

BELCREDI

E io, scusate?

LANDOLFO

Lei si tenga rispettosamente da parte.

DONNA MATILDE

(*irritata, molto nervosa*). Fareste bene ad andarvene!

BELCREDI

(*piano, stizzoso*). Voi siete molto commossa...

DONNA MATILDE

(*fiera*). Sono come sono! Lasciatemi in pace!

Rientra Bertoldo con gli indumenti.

LANDOLFO

(*vedendolo entrare*). Ah, ecco qua gli abiti! – Questo manto, per la Marchesa.

DONNA MATILDE

Aspettate, mi levo il cappello!

Eseguisce, e lo porge a Bertoldo.

LANDOLFO

Lo porterai di là.

Poi alla Marchesa, accennando di cingerle in capo la corona ducale:

Permette?

DONNA MATILDE

Ma, Dio mio, non c'è uno specchio qua?

LANDOLFO

Ci sono di là.

indica l'uscio a sinistra.

Se la signora Marchesa vuol fare da sé...

DONNA MATILDE

Sì, sì, sarà meglio, date qua; faccio subito.

Riprende il cappello ed esce con Bertoldo che reca il manto e la corona. Nel mentre il Dottore e Belcredi indosseranno da sé, alla meglio, le tonache da benedettini.

BELCREDI

Questa di far da benedettino, dico la verità, non me la sarei mai aspettata. Oh, dico: è una pazzia che costa fior di quattrini!

DOTTORE

Mah! Anche tant'altre pazzie veramente...

BELCREDI

Quando, per secondarle, si ha a disposizione un patrimonio...

LANDOLFO

Sissignore. Abbiamo di là un intero guardaroba, tutto di costumi del tempo, eseguiti a perfezione, su modelli antichi. È mia cura particolare: mi rivolgo a sartorie teatrali competenti. Si spende molto.

DONNA MATILDE

rientra parata col manto e la corona.

BELCREDI

(*subito, ammirandola*). Ah, magnifica! Veramente regale!

DONNA MATILDE

(*vedendo Belcredi e scoppiando a ridere*). Oh Dio! Ma no; levatevi! Voi siete impossibile! Sembrate uno struzzo vestito da monaco!

BELCREDI

E guardate il dottore!

DOTTORE

Eh, pazienza... pazienza.

DONNA MATILDE
Ma no, meno male, il dottore... Voi fate proprio ridere!

DOTTORE
(a Landolfo). Ma si fanno dunque molti ricevimenti qua?

LANDOLFO
Secondo. Tante volte ordina che gli si presenti questo o quel personaggio. E allora bisogna cercar qualcuno che si presti. Anche donne...

DONNA MATILDE
(ferita, e volendo nasconderlo). Ah! Anche donne?

LANDOLFO
Eh, prima, sì... Molte.

BELCREDI
(ridendo). Oh bella! In costume?

indicando la Marchesa:

Così?

LANDOLFO
Mah, sa: donne, di quelle che...

BELCREDI
Che si prestano, ho capito!

Perfido, alla Marchesa:

Badate, che diventa per voi pericoloso!

Si apre il secondo uscio a destra e appare Arialdo, che fa prima, di nascosto, un cenno per arrestare ogni discorso nella sala, e poi annunzia solennemente:

ARIALDO
Sua Maestà l'Imperatore!

Entrano prima i due Valletti che vanno a postarsi ai piedi del

trono. Poi entra tra Ordulfo e Arialdo, che si tengono rispetto-
samente un po' indietro, Enrico IV. È presso alla cinquantina,
pallidissimo, e già grigio sul dietro del capo; invece sulle tempie
e sulla fronte, appare biondo, per via di una tintura quasi pue-
rile, evidentissima; e sui pomelli, in mezzo al tragico pallore, ha
un trucco rosso da bambola, anch'esso evidentissimo. Veste so-
pra l'abito regale un sajo da penitente, come a Canossa. Ha
negli occhi una fissità spasimosa, che fa spavento; in contrasto
con l'atteggiamento della persona che vuol essere d'umiltà pen-
tita, tanto più ostentata quanto più sente che immeritato è
quell'avvilimento. – Ordulfo regge a due mani la corona impe-
riale. Arialdo lo scettro con l'Aquila e il globo con la Croce.

ENRICO IV

(*inchinandosi prima a Donna Matilde, poi al dottore*). Madonna... Monsignore...

Poi guarda il Belcredi e fa per inchinarsi anche a lui, ma si vol-
ge a Landolfo che gli si è fatto presso, e domanda sottovoce con
diffidenza:

È Pietro Damiani?

LANDOLFO

No, Maestà, è un monaco di Cluny che accompagna l'A-
bate.

ENRICO IV

(*torna a spiare il Belcredi con crescente diffidenza e, notando*
che egli si volge sospeso e imbarazzato a Donna Matilde e al
Dottore, come per consigliarsi con gli occhi, si rizza sulla perso-
na e grida): È Pietro Damiani! – Inutile, Padre, guardare la
Duchessa!

Subito volgendosi a Donna Matilde come a scongiurare un pe-
ricolo:

172

Vi giuro, vi giuro, Madonna, che il mio animo è cangiato verso vostra figlia! Confesso che se lui

indica il Belcredi

non fosse venuto a impedirmelo in nome del Papa Alessandro, l'avrei ripudiata! Sì: c'era chi si prestava a favorire il ripudio: il vescovo di Magonza, per centoventi poderi.

Sogguarda un po' smarrito Landolfo, e dice subito:

Ma non debbo in questo momento dir male dei vescovi.

Ritorna umile davanti a Belcredi:

Vi sono grato, credetemi che vi sono grato, ora, Pietro Damiani, di quell'impedimento! – Tutta d'umiliazioni è fatta la mia vita: – mia madre, Adalberto, Tribur, Goslar – e ora questo sajo che mi vedete addosso.

Cangia tono improvvisamente e dice come uno che, in una parentesi di astuzia, si ripassi la parte:

Non importa! Chiarezza d'idee, perspicacia, fermezza di contegno e pazienza nell'avversa fortuna!

Quindi si volge a tutti e dice con gravità compunta:

So correggere gli errori commessi; e anche davanti a voi, Pietro Damiani, mi umilio!

Si inchina profondamente, e resta lì curvo davanti a lui, come piegato da un obliquo sospetto che ora gli nasce e che gli fa aggiungere, quasi suo malgrado, in tono minaccioso:

Se non è partita da voi l'oscena voce che la mia santa madre, Agnese, abbia illeciti rapporti col vescovo Enrico d'Augusta!

BELCREDI

(*poiché Enrico IV resta ancora curvo, col dito appuntato minacciosamente contro di lui, si pone le mani sul petto, e poi ne-
gando*). No... da me, no...

ENRICO IV

(*rizzandosi*). No, è vero? Infamia!

Lo squadra un po' e poi dice:

Non ve ne credo capace.

*Si avvicina al Dottore e gli tira un po' la manica ammiccando
furbescamente.*

Sono «loro»! Sempre quelli, Monsignore!

ARIALDO

(*piano, con un sospiro, come per suggerire al Dottore*). Eh, sì,
i vescovi rapitori.

DOTTORE

(*per sostenere la parte, volto ad Arialdo*). Quelli, eh già...
quelli...

ENRICO IV

Nulla è bastato a costoro! – Un povero ragazzo, Monsignore... Si passa il tempo, giocando – anche quando, senza saperlo, si è re. Sei anni avevo e mi rapirono a mia madre, e contro lei si servirono di me, ignaro, e contro i po-
teri stessi della Dinastia, profanando tutto, rubando, rubando; uno più ingordo dell'altro: Anno più di Stefano,
Stefano più di Anno!

LANDOLFO

(*sottovoce, persuasivo, per richiamarlo*). Maestà...

ENRICO IV

(*subito voltandosi*). Ah, già! Non debbo in questo momento

dir male dei vescovi. – Ma questa infamia su mia madre, Monsignore, passa la parte!

Guarda la Marchesa e s'intenerisce.

E non posso neanche piangerla, Madonna. – Mi rivolgo a voi, che dovreste aver viscere materne. Venne qua a trovarmi, dal suo convento, or'è circa un mese. Mi hanno detto che è morta.

Pausa tenuta, densa di commozione. Poi sorridendo mestissimamente

Non posso piangerla, perché se voi ora siete qua, e io così

mostra il sajo che ha indosso,

vuol dire che ho ventisei anni.

ARIALDO
(*quasi sottovoce dolcemente per confortarlo*). E che dunque ella è viva, Maestà.

ORDULFO
(*c. s.*). Ancora nel suo convento.

ENRICO IV
(*si volta a guardarli*). Già; e posso dunque rimandare ad altro tempo il dolore.

Mostra alla Marchesa, quasi con civetteria, la tintura che si è data ai capelli:

Guardate: ancora biondo...

Poi piano; como in confidenza·

Per voi! – Io non ne avrei bisogno. Ma giova qualche segno esteriore. Termini di tempo, mi spiego, Monsignore?

Si riaccosta alla Marchesa, e osservandole i capelli:

Eh, ma vedo che... anche voi, Duchessa...

Strizza un occhio e fa un segno espressivo con la mano:

Eh, italiana...

come a dire; finta; ma senz'ombra di sdegno, anzi con malizio-sa ammirazione:

Dio mi guardi dal mostrarne disgusto o meraviglia! – Velleità! – Nessuno vorrebbe riconoscere quel certo potere oscuro e fatale che assegna limiti alla volontà. Ma, dico, se si nasce e si muore! – Nascere, Monsignore: voi l'avete voluto? Io no. – E tra l'un caso e l'altro, indipendenti entrambi dalla nostra volontà, tante cose avvengono che tutti quanti vorremmo non avvenissero, e a cui a malincuore ci rassegniamo!

DOTTORE

(*tanto per dire qualche cosa, mentre lo studia attentamente*). Eh sì, purtroppo!

ENRICO IV

Ecco: quando non ci rassegniamo, vengono fuori le velleità. Una donna che vuol essere uomo... un vecchio che vuol essere giovine... – Nessuno di noi mente o finge! – C'è poco da dire: ci siamo fissati tutti in buona fede in un bel concetto di noi stessi. Monsignore, però, mentre voi vi tenete fermo, aggrappato con tutte e due le mani alla vostra tonaca santa, di qua, dalle maniche, vi scivola, vi scivola, vi sguiscia come un serpe qualche cosa, di cui non v'accorgete. Monsignore, la vita! E sono sorprese, quando ve la vedete d'improvviso consistere davanti così sfuggita da voi; dispetti e ire contro voi stesso; o rimorsi; anche rimorsi. Ah, se sapeste, io me ne son trovati tanti davanti! Con una faccia che era la mia stessa, ma così orribile, che non ho potuto fissarla. . –

Si riaccosta alla Marchesa.

A voi non è mai avvenuto, Madonna? Vi ricordate proprio di essere stata sempre la stessa, voi? Oh Dio, ma un giorno... – com'è? com'è che poteste commettere quella tale azione...

la fissa così acutamente negli occhi, da farla quasi smorire.

– sì, «quella», appunto! – ci siamo capiti. (Oh, state tranquilla che non la svelerò a nessuno!) E che voi, Pietro Damiani, poteste essere amico di quel tale...

LANDOLFO
(*c. s.*). Maestà...

ENRICO IV
(*subito*). No no, non glielo nomino! So che gli fa tanto dispetto!

Voltandosi a Belcredi, come di sfuggita:

Che opinione eh? che opinione ne avevate... – Ma tutti, pur non di meno, seguitiamo a tenerci stretti al nostro concetto, così come chi invecchia si ritinge i capelli. Che importa che questa mia tintura non possa essere, per voi, il color vero dei miei capelli? – Voi, Madonna, certo non ve li tingete per ingannare gli altri, né voi; ma solo un poco – poco poco – la vostra immagine davanti allo specchio. Io lo faccio per ridere. Voi lo fate sul serio. Ma vi assicuro che per quanto sul serio, siete mascherata anche voi, Madonna; e non dico per la venerabile corona che vi cinge la fronte, e a cui m'inchino, o per il vostro manto ducale; dico soltanto per codesto ricordo che volete fissare in voi artificialmente del vostro color biondo, in cui un giorno vi siete piaciuta; o del vostro color bruno se eravate bruna: l'immagine che vien meno della vostra gioven-

177

tù. A voi, Pietro Damiani, invece, il ricordo di ciò che siete stato, di ciò che avete fatto, appare ora riconoscimento di realtà passate, che vi restano dentro – è vero? – come un sogno. E anche a me – come un sogno – e tante, a ripensarci, inesplicabili... – Mah! – Nessuna meraviglia, Pietro Damiani; sarà così domani della nostra vita d'oggi!

Tutt'a un tratto infuriandosi e afferrandosi il sajo addosso:

Questo sajo qua!

Con gioia quasi feroce facendo atto di strapparselo, mentre Arialdo, Ordulfo subito accorrono spaventati, come per trattenerlo:

Ah per Dio!

Si tira indietro e, levandosi il sajo, grida loro:

Domani, a Bressanone, ventisette vescovi tedeschi e lombardi firmeranno con me la destituzione di Papa Gregorio VII: non Pontefice, ma monaco falso!

ORDULFO
(*con gli altri due, scongiurandolo di tacere*). Maestà, Maestà, in nome di Dio!

ARIALDO
(*invitandolo coi gesti a rimettersi il sajo*). Badate a quello che dite!

LANDOLFO
Monsignore è qua, insieme con la Duchessa, per intercedere in vostro favore!

E di nascosto fa pressanti segni al Dottore di dir subito qualche cosa.

DOTTORE
(*smarrito*). Ah, ecco... sì... Siamo qua per intercedere...

ENRICO IV

(*subito pentito, quasi spaventato, lasciandosi dai tre rimettere sulle spalle il sajo e stringendoselo addosso con le mani convulse*). Perdono... sì, sì... perdono, perdono, Monsignore; perdono, Madonna... Sento vi giuro sento tutto il peso dell'anatema!

Si curva, prendendosi la testa fra le mani, come in attesa di qualche cosa che debba schiacciarlo; e sta un po' così, ma poi con altra voce, pur senza scomporsi, dice piano, in confidenza a Landolfo, ad Arialdo e a Ordulfo:

Ma io non so perché, oggi non riesco a essere umile davanti a quello lì!

E indica, come di nascosto, il Belcredi.

LANDOLFO

(*sottovoce*). Ma perché voi, Maestà, vi ostinate a credere che sia Pietro Damiani, mentre non è!

ENRICO IV

(*sogguardandolo con timore*). Non è Pietro Damiani?

ARIALDO

Ma no, è un povero monaco, Maestà!

ENRICO IV

(*dolente, con sospirosa esasperazione*). Eh, nessuno di noi può valutare ciò che fa, quando fa per istinto... Forse voi, Madonna, potete intendermi meglio degli altri, perché siete donna. [Questo è un momento solenne e decisivo. Potrei, guardate, ora stesso, mentre parlo con voi, accettar l'ajuto dei vescovi lombardi e impossessarmi del Pontefice, assediandolo qui nel Castello; correre a Roma a eleggervi un antipapa; porgere la mano all'alleanza con Roberto Guiscardo. – Gregorio VII sarebbe perduto! – Resisto alla tentazione, e credetemi che sono saggio. Sento l'aura dei tempi e la maestà di chi sa essere quale deve essere: un Papa! – Vorreste ora ridere di me, vedendomi così? Sareste tanto stupidi, perché non capireste che sapienza politica mi consiglia ora quest'abito di penitenza. Vi dico che le parti, domani, potrebbero essere invertite! E che fareste voi allora? Ridereste per caso del Papa in veste di prigioniero? – No. – Saremmo pari. – Un mascherato io, oggi, da penitente; lui, domani, da prigioniero. Ma guai a chi non sa portare la sua maschera, sia da Re, sia da Papa. – Forse egli è ora un po' troppo crudele: questo sì. Pensate, Madonna, che Berta, vostra figlia, per cui, vi ripeto, il mio animo è cangiato

si volta improvvisamente a Belcredi e gli grida in faccia, come se avesse detto di no

– cangiato, cangiato, per l'affetto e la devozione di cui ha saputo darmi prova in questo terribile momento!

S'arresta, convulso, dallo scatto iroso, e fa sforzi per contenersi, con un gemito d'esasperazione nella gola; poi si volge di nuovo con dolce e dolente umiltà alla Marchesa.

È venuta con me, Madonna; è giù nel cortile; ha voluto seguirmi come una mendica, ed è gelata, gelata da due notti all'aperto, sotto la neve! Voi siete sua madre! Dovrebbero muoversi le viscere della vostra misericordia e implorare con lui,

indica il Dottore

dal Pontefice, il perdono: che ci riceva!

DONNA MATILDE
(*tremante, con un filo di voce*). Ma sì, sì, subito...

DOTTORE

Lo faremo, lo faremo!

ENRICO IV

E un'altra cosa! Un'altra cosa!

Se li chiama intorno e dice piano, in gran segreto:

Non basta che mi riceva. Voi sapete che egli può «tutto» –
vi dico «tutto» – Evoca perfino i morti!

Si picchia il petto.

Eccomi qua! Mi vedete! – E non c'è arte di magia che gli
sia ignota. Ebbene, Monsignore, Madonna: la mia vera
condanna è questa – o quella – guardate

indica il suo ritratto alla parete, quasi con paura,

di non potermi più distaccare da quest'opera di magia! –
Sono ora penitente, e così resto; vi giuro che ci resto finché Egli non m'abbia ricevuto. Ma poi voi due, dopo la
revoca della scomunica, dovreste implorarmi questo dal
Papa che lo può: di staccarmi di là

indica di nuovo il ritratto,

e farmela vivere tutta, questa mia povera vita, da cui sono
escluso... Non si può aver sempre ventisei anni, Madonna! E io ve lo chiedo anche per vostra figlia: che io la possa amare come ella si merita, così ben disposto come sono
adesso, intenerito come sono adesso dalla sua pietà. Ecco.
Questo. Sono nelle vostre mani...

Si inchina.

Madonna! Monsignore!

E fa per ritirarsi, così inchinandosi, per l'uscio donde è entrato;

181

se non che, scorto il Belcredi che s'era un po' accostato per sentire, nel vedergli voltar la faccia verso il fondo e supponendo che voglia rubargli la corona imperiale posata sul trono, tra lo stupore e lo sgomento di tutti, corre a prenderla e a nascondersela sotto il sajo, e con un sorriso furbissimo negli occhi e sulle labbra torna a inchinarsi ripetutamente e scompare. La Marchesa è così profondamente commossa, che casca di schianto a sedere, quasi svenuta.

Atto secondo

Altra sala della villa, contigua a quella del trono, addobbata di mobili antichi e austeri. A destra, a circa due palmi dal suolo, è come un coretto, cinto da una ringhiera di legno a pilastrini, interrotta lateralmente e sul davanti, ove sono i due gradini d'accesso. Su questo coretto sarà una tavola e cinque seggiolini di stile, uno a capo e due per lato. La comune in fondo. A sinistra due finestre che dànno sul giardino. A destra un uscio che dà nella sala del trono. Nel pomeriggio avanzato dello stesso giorno.

Sono in scena Donna Matilde, il Dottore e Tito Belcredi. Seguitano una conversazione; ma Donna Matilde si tiene appartata, fosca, evidentemente infastidita da ciò che dicono gli altri due, a cui tuttavia non può fare a meno di prestare orecchio, perché nello stato d'irrequietezza in cui si trova, ogni cosa la interessa suo malgrado, impedendole di concentrarsi a maturare un proposito più forte di lei, che le balena e la tenta. Le parole che ode degli altri due attraggono la sua attenzione, perché istintivamente sente come il bisogno d'esser trattenuta in quel momento.

BELCREDI
  Sarà, sarà come lei dice, caro dottore, ma questa è la mia impressione.

DOTTORE

Non dico di no; ma creda che è soltanto... così, un'impressione.

BELCREDI

Scusi: però l'ha perfino detto, e chiaramente!

Voltandosi alla Marchesa:

Non è vero, Marchesa?

DONNA MATILDE

(*frastornata, voltandosi*). Che ha detto?

Poi, non consentendo.

Ah sì... Ma non per la ragione che voi credete.

DOTTORE

Intendeva dei nostri abiti soprammessi: il suo manto

indica la Marchesa

le nostre tonache da benedettini. E tutto questo è puerile.

DONNA MATILDE

(*di scatto, voltandosi di nuovo sdegnata*). Puerile? Che dice, dottore?

DOTTORE

Da un canto sì! Prego; mi lasci dire, Marchesa. Ma dall'altro, molto più complicato di quanto possiate immaginare.

DONNA MATILDE

Per me è chiarissimo, invece.

DOTTORE

(*col sorriso di compatimento d'un competente verso gli incompetenti*). Eh sì! Bisogna intendere questa speciale psicologia dei pazzi, per cui – guardi – si può essere anche sicuri che un pazzo nota, può notare benissimo un travestimento davanti a lui; e assumerlo come tale; e sissignori, tuttavia, crederci; proprio come fanno i bambini, per cui è insieme giuoco e realtà. Ho detto perciò puerile. Ma è poi complicatissimo in questo senso, ecco: che egli ha, deve avere perfettamente coscienza di essere per sé, davanti a se stesso, una Immagine: quella sua immagine là!

Allude al ritratto nella sala del trono, indicando perciò alla sua sinistra.

BELCREDI
L'ha detto!

DOTTORE
Ecco, benissimo! – Un'immagine, a cui si sono fatte innanzi altre immagini: le nostre, mi spiego? Ora egli, nel suo delirio – acuto e lucidissimo – ha potuto avvertire subito una differenza tra la sua e le nostre: cioè, che c'era in noi, nelle nostre immagini, una finzione. E ne ha diffidato. Tutti i pazzi sono sempre armati d'una continua vigile diffidenza. Ma questo è tutto! A lui naturalmente non è potuto sembrare pietoso questo nostro giuoco, fatto attorno al suo. E il suo a noi s'è mostrato tanto più tragico, quanto più egli, quasi a sfida – mi spiego? – indotto dalla diffidenza, ce l'ha voluto scoprire appunto come un giuoco; anche il suo, sissignori, venendoci avanti con un po' di tintura sulle tempie e sulle guance, e dicendoci che se l'era data apposta, per ridere!

DONNA MATILDE
(*scattando di nuovo*). No. Non è questo, dottore! Non è questo! non è questo!

DOTTORE
Ma come non è questo?

185

DONNA MATILDE

(*recisa, vibrante*). Io sono sicurissima ch'egli m'ha riconosciuta!

DOTTORE

Non è possibile... non è possibile...

BELCREDI

(*contemporaneamente*). Ma che!

DONNA MATILDE

(*ancora più recisa, quasi convulsa*). M'ha riconosciuta, vi dico. Quand'è venuto a parlarmi da vicino, guardandomi negli occhi, proprio dentro gli occhi – m'ha riconosciuta!

BELCREDI

Ma se parlava di vostra figlia...

DONNA MATILDE

Non è vero! – Di me! Parlava di me!

BELCREDI

Sì, forse, quando disse...

DONNA MATILDE

(*subito, senza riguardo*). Dei miei capelli tinti! Ma non avete notato che aggiunse subito: «oppure il ricordo del vostro color bruno se eravate bruna»? – S'è ricordato perfettamente che io, «allora», ero bruna.

BELCREDI

Ma che! Ma che!

DONNA MATILDE

(*senza dargli retta, rivolgendosi al Dottore*). I miei capelli, dottore, sono difatti bruni – come quelli di mia figlia. E perciò s'è messo a parlare di lei!

BELCREDI

Ma se non la conosce, vostra figlia! Se non l'ha mai veduta!

186

DONNA MATILDE

Appunto! Non capite nulla! Per mia figlia intendeva me; me com'ero allora!

BELCREDI

Ah, questo è contagio! Questo è contagio!

DONNA MATILDE

(*piano, con sprezzo*). Ma che contagio! Sciocco!

BELCREDI

Scusate, siete stata mai sua moglie, voi? Vostra figlia, nel suo delirio, è sua moglie: Berta di Susa.

DONNA MATILDE

Ma perfettamente! Perché io, non più bruna – com'egli mi ricordava – ma «così», bionda, mi sono presentata a lui come «Adelaide» la madre. – Mia figlia per lui non esiste – non l'ha mai veduta – l'avete detto voi stesso. Che ne sa perciò, se sia bionda o bruna?

BELCREDI

Ma ha detto bruna, così, in generale. Dio mio! di chi vuol fissare, comunque, sia bionda sia bruna, il ricordo della gioventù nel colore dei capelli! E voi al solito vi mettete a fantasticare! – Dottore, dice che non sarei dovuto venire io – ma non sarebbe dovuta venire lei!

DONNA MATILDE

(*abbattuta per un momento dall'osservazione del Belcredi, e rimasta assorta, ora si riprende, ma smaniosa perché dubitante*). No... no... parlava di me... Ha parlato sempre a me e con me e di me...

BELCREDI

Alla grazia! Non m'ha lasciato un momento di respiro, e dite che ha parlato sempre di voi? Tranne che non vi sia parso che alludesse anche a voi, quando parlava con Pietro Damiani!

DONNA MATILDE

(*con aria di sfida, quasi rompendo ogni freno di convenienza*). E chi lo sa? – Mi sapete dire perché subito, fin dal primo momento, ha sentito avversione per voi, soltanto per voi?

Dal tono della domanda deve risultare infatti, quasi esplicita, la risposta: «Perché ha capito che voi siete il mio amante!» – Il Belcredi lo avverte così bene, che lì per lì resta come smarrito in un vano sorriso.

DOTTORE

La ragione, scusino, può essere anche nel fatto che gli fu annunziata soltanto la visita della duchessa Adelaide e dell'Abate di Cluny. Trovandosi davanti un terzo, che non gli era stato annunziato, subito la diffidenza...

BELCREDI

Ecco, benissimo, la diffidenza gli fece vedere in me un nemico: Pietro Damiani! – Ma se è intestata, che l'abbia riconosciuta...

DONNA MATILDE

Su questo non c'è dubbio! – Me l'hanno detto i suoi occhi, dottore: sapete quando si guarda in un modo che... che nessun dubbio è più possibile! Forse fu un attimo, che volete che vi dica?

DOTTORE

Non è da escludere: un lucido momento...

DONNA MATILDE

Ecco forse! E allora il suo discorso m'è parso pieno, tutto, del rimpianto della mia e della sua gioventù – per questa cosa orribile che gli è avvenuta, e che l'ha fermato lì, in quella maschera da cui non s'è potuto più distaccare, e da cui si vuole, si vuole distaccare!

BELCREDI

Già! Per potersi mettere ad amar vostra figlia. O voi, – come credete – intenerito dalla vostra pietà.

DONNA MATILDE

Che è tanta, vi prego di credere!

BELCREDI

Si vede, Marchesa! Tanta che un taumaturgo vedrebbe più che probabile il miracolo.

DOTTORE

Permettete che parli io adesso? Io non faccio miracoli, perché sono un medico e non un taumaturgo, io. Sono stato molto attento a tutto ciò che ha detto, e ripeto che quella certa elasticità analogica, propria di ogni delirio sistematizzato, è evidente che in lui è già molto... come vorrei dire? rilassata. Gli elementi, insomma, del suo delirio non si tengono più saldi a vicenda. Mi pare che si riequilibri a stento, ormai, nella sua personalità soprammessa, per bruschi richiami che lo strappano – (e questo è molto confortante) – non da uno stato di incipiente apatia, ma piuttosto da un morbido adagiamento in uno stato di malinconia riflessiva, che dimostra una... sì, veramente considerevole attività cerebrale. Molto confortante, ripeto. Ora, ecco, se con questo trucco violento che abbiamo concertato...

DONNA MATILDE

(voltandosi verso la finestra, col tono di una malata che si lamenti). Ma com'è che ancora non ritorna quest'automobile? In tre ore e mezzo...

DOTTORE

(stordito). Come dice?

DONNA MATILDE

Quest'automobile, dottore! Sono più di tre ore e mezzo!

DOTTORE

(*cavando e guardando l'orologio*). Eh, più di quattro per questo!

DONNA MATILDE

Potrebbe esser qua da mezz'ora, almeno. Ma, al solito...

BELCREDI

Forse non trovano l'abito.

DONNA MATILDE

Ma se ho indicato con precisione dov'è riposto!

(*È impazientissima.*)

Frida, piuttosto... Dov'è Frida?

BELCREDI

(*sporgendosi un po' dalla finestra*). Sarà forse in giardino con Carlo.

DOTTORE

La persuaderà a vincere la paura...

BELCREDI

Ma non è paura, dottore; non ci creda! È che si secca.

DONNA MATILDE

Fatemi il piacere di non pregarla affatto! Io so com'è!

DOTTORE

Aspettiamo, con pazienza. Tanto, si farà tutto in un momento e dev'esser di sera. Se riusciamo a scrollarlo, dicevo, a spezzare d'un colpo con questo strappo violento i fili già rallentati che lo legano ancora alla sua finzione, ridandogli quello che egli stesso chiede (l'ha detto: «Non si può aver sempre ventisei anni, Madonna!») la liberazione da questa condanna, che pare a lui stesso una condanna: ecco, insomma, se otteniamo che riacquisti d'un tratto la sensazione della distanza del tempo...

190

BELCREDI

(*subito*). Sarà guarito!

Poi sillabando con intenzione ironica:

Lo distaccheremo!

DOTTORE

Potremo sperare di riaverlo, come un orologio che si sia arrestato a una cert'ora. Ecco, sì, quasi coi nostri orologi alla mano, aspettare che si rifaccia quell'ora – là, uno scrollo! – e speriamo che esso si rimetta a segnare il suo tempo, dopo un così lungo arresto.

Entra a questo punto dalla comune il marchese Carlo di Nolli.

DONNA MATILDE

Ah, Carlo... E Frida? Dove se n'è andata?

DI NOLLI

Eccola, viene a momenti.

DOTTORE

L'automobile è arrivata?

DI NOLLI

Sì.

DONNA MATILDE

Ah sì? E ha portato l'abito?

DI NOLLI

È già qui da un pezzo.

DOTTORE

Oh, benissimo, allora!

DONNA MATILDE

(*fremente*). E dov'è? Dov'è?

DI NOLLI

(*stringendosi nelle spalle e sorridendo triste, come uno che si presti mal volentieri a uno scherzo fuor di luogo).* Mah... Ora vedrete...

E indicando verso la comune:

Ecco qua...

Si presenta sulla soglia della comune Bertoldo che annuncia con solennità:

BERTOLDO
Sua Altezza la Marchesa Matilde di Canossa!

E subito entra Frida magnifica e bellissima; parata con l'antico abito della madre da «Marchesa Matilde di Toscana» in modo da figurare, viva, l'immagine effigiata nel ritratto della sala del trono.

FRIDA
(passando accanto a Bertoldo che s'inchina, gli dice con sussiego sprezzante). Di Toscana, di Toscana, prego. Canossa è un mio castello.

BELCREDI
(ammirandola). Ma guarda! Ma guarda! Pare un'altra!

DONNA MATILDE
Pare me! – Dio mio, vedete? – Ferma, Frida! – Vedete? È proprio il mio ritratto, vivo!

DOTTORE
Sì, sì... Perfetto! Perfetto! Il ritratto!

BELCREDI
Eh sì, c'è poco da dire... È quello! Guarda, guarda! Che tipo!

FRIDA
Non mi fate ridere, che scoppio! Dico, ma che vitino avevi, mamma? Mi son dovuta succhiare tutta, per entrarci!

DONNA MATILDE

(*convulsa, rassettandola*). Aspetta... Ferma... Queste pieghe... Ti va così stretto veramente?

FRIDA

Soffoco! Bisognerà far presto, per carità...

DOTTORE

Eh, ma dobbiamo prima aspettare che si faccia sera...

FRIDA

No no, non ci resisto, non ci resisto fino a sera!

DONNA MATILDE

Ma perché te lo sei indossato così subito?

FRIDA

Appena l'ho visto! La tentazione! Irresistibile...

DONNA MATILDE

Potevi almeno chiamarmi! Fatti ajutare... È ancora tutto spiegazzato, Dio mio...

FRIDA

Ho visto, mamma. Ma, pieghe vecchie... Sarà difficile farle andar via.

DOTTORE

Non importa, Marchesa! L'illusione è perfetta.

Poi, accostandosi e invitandola a venire un po' avanti alla figlia, senza tuttavia coprirla:

Con permesso. Si collochi così – qua – a una certa distanza – un po' più avanti...

BELCREDI

Per la sensazione della distanza del tempo!

DONNA MATILDE

(*voltandosi a lui, appena*). Vent'anni dopo! Un disastro, eh?

BELCREDI

Non esageriamo!

DOTTORE

(*imbarazzatissimo per rimediare*). No, no! Dicevo anche...
dico, dico per l'abito... dico per vedere...

BELCREDI

(*ridendo*). Ma per l'abito, dottore, altro che vent'anni! Sono ottocento! Un abisso! Glielo vuol far saltare davvero
con un urtone?

Indicando prima Frida e poi la Marchesa:

Da lì a qua? Ma lo raccatterà a pezzi col corbello! Signori
miei, pensateci; dico sul serio: per noi sono vent'anni, due
abiti e una mascherata. Ma se per lui, come lei dice, dottore, s'è fissato il tempo; se egli vive là

indica Frida

con lei, ottocent'anni addietro: dico sarà tale la vertigine
del salto che, piombato in mezzo a noi...

il Dottore fa segno di no col dito

dice di no?

DOTTORE

No. Perché la vita, caro barone, riprende! Qua – questa
nostra – diventerà subito reale anche per lui; e lo tratterrà
subito, strappandogli a un tratto l'illusione e scoprendogli
che sono appena venti gli ottocent'anni che lei dice! Sarà, guardi, come certi trucchi, quello del salto nel vuoto,
per esempio, del rito massonico, che pare chi sa che cosa,
e poi alla fine s'è sceso uno scalino.

BELCREDI

Oh che scoperta! – Ma sì! – Guardate Frida e la Marchesa, dottore! – Chi è più avanti? – Noi vecchi, dottore! Si credono più avanti i giovani; non è vero: siamo più avanti noi, di quanto il tempo è più nostro che loro.

DOTTORE

Eh, se il passato non ci allontanasse!

BELCREDI

Ma no! Da che? Se loro

indica Frida e Di Nolli

debbono fare ancora quel che abbiamo già fatto noi, dottore: invecchiare, rifacendo su per giù le stesse nostre sciocchezze... L'illusione è questa, che si esca per una porta davanti, dalla vita! Non è vero! Se appena si nasce si comincia a morire, chi per prima ha cominciato e più avanti di tutti. E il più giovine è il padre Adamo! Guardate là

mostra Frida

d'ottocent'anni più giovane di tutti noi, la Marchesa Matilde di Toscana.

E le si inchina profondamente.

DI NOLLI

Ti prego, ti prego, Tito: non scherziamo.

BELCREDI

Ah, se ti pare che io scherzi...

DI NOLLI

Ma sì, Dio mio... da che sei venuto...

BELCREDI

Come! Mi sono perfino vestito da benedettino...

DI NOLLI

Già! Per fare una cosa seria...

BELCREDI

Eh, dico... se è stato serio per gli altri... ecco, per Frida, ora, per esempio...

Poi, *voltandosi al Dottore:*

Le giuro, dottore, che non capisco ancora che cosa lei voglia fare.

DOTTORE

(*seccato*). Ma lo vedrà! Mi lasci fare... Sfido! Se lei vede la Marchesa ancora vestita così...

BELCREDI

Ah, perché deve anche lei...?

DOTTORE

Sicuro! Sicuro! Con un altro abito che è di là, per quanto a lui viene in mente di trovarsi davanti alla Marchesa Matilde di Canossa.

FRIDA

(*mentre conversa piano col Di Nolli, avvertendo che il dottore sbaglia*). Di Toscana! Di Toscana!

DOTTORE

(*c. s.*). Ma è lo stesso!

BELCREDI

Ah, ho capito! Se ne troverà davanti due...?

DOTTORE

Due, precisamente. E allora...

FRIDA

(chiamandolo in disparte). Venga qua, dottore, senta!

DOTTORE

Eccomi!

Si accosta ai due giovani e finge di dar loro spiegazioni.

BELCREDI

(*piano, a Donna Matilde*). Eh, per Dio! Ma dunque...

DONNA MATILDE

(*rivoltandosi con viso fermo*). Che cosa?

BELCREDI

V'interessa tanto veramente? Tanto da prestarvi a questo? È enorme per una donna!

DONNA MATILDE

Per una donna qualunque!

BELCREDI

Ah no, per tutte, cara, su questo punto! È una abnegazione...

DONNA MATILDE

Gliela devo!

BELCREDI

Ma non mentite! Voi sapete di non avvilirvi.

DONNA MATILDE

E allora? Che abnegazione?

BELCREDI

Quanto basta per non avvilire voi agli occhi degli altri, ma per offendere me.

DONNA MATILDE

Ma chi pensa a voi in questo momento!

DI NOLLI

(*venendo avanti*). Ecco, ecco, dunque, sì, sì, faremo così...

Rivolgendosi a Bertoldo

Oh, voi: andate a chiamare uno di quei tre là!

BERTOLDO

Subito!

Esce per la comune.

DONNA MATILDE
Ma dobbiamo fingere prima di licenziarci!

DI NOLLI
Appunto! Lo faccio chiamare per predisporre il vostro licenziamento.

A Belcredi:

Tu puoi farne a meno: resta qua!

BELCREDI
(tentennando il capo ironicamente). Ma sì, ne faccio a meno... ne faccio a meno...

DI NOLLI
Anche per non metterlo di nuovo in diffidenza, capisci?

BELCREDI
Ma sì! Quantité négligeable!

DOTTORE
Bisogna dargli assolutamente, assolutamente la certezza che ce ne siamo andati via.

Entra dall'uscio a destra Landolfo seguito da Bertoldo.

LANDOLFO
Permesso?

DI NOLLI
Avanti, avanti! Ecco... – Vi chiamate Lolo, voi?

LANDOLFO
Lolo o Landolfo, come vuole!

DI NOLLI
Bene, guardate. Adesso il Dottore e la Marchesa si licenzieranno...

LANDOLFO
Benissimo. Basterà dire che hanno ottenuto dal Pontefice

la grazia del ricevimento. È lì nelle sue stanze, che geme pentito di tutto ciò che ha detto, e disperato che la grazia non l'otterrà. Se vogliono favorire... Avranno la pazienza di indossare di nuovo gli abiti.

DOTTORE

Sì, sì, andiamo, andiamo.

LANDOLFO

Aspettino. Mi permetto di suggerir loro una cosa: d'aggiungere che anche la Marchesa Matilde di Toscana ha implorato con loro dal Pontefice la grazia, che sia ricevuto.

DONNA MATILDE

Ecco! Vedete se m'ha riconosciuta?

LANDOLFO

No. Mi perdoni. È che teme tanto l'avversione di quella Marchesa che ospitò il Papa nel suo Castello. È strano: nella storia, che io sappia – ma lor signori sono certo in grado di saperlo meglio di me – non è detto, è vero, che Enrico IV amasse segretamente la Marchesa di Toscana?

DONNA MATILDE

(*subito*). No: affatto. Non è detto! Anzi, tutt'altro!

LANDOLFO

Ecco, mi pareva! Ma egli dice d'averla amata – lo dice sempre... – E ora teme che lo sdegno di lei per questo amore segreto debba agire a suo danno sull'animo del Pontefice.

BELCREDI

Bisogna fargli intendere che questa avversione non c'è più!

LANDOLFO

Ecco! Benissimo!

DONNA MATILDE

(*a Landolfo*). Benissimo, già!

Poi, a Belcredi

Perché è precisamente detto nella storia, se voi non lo sapete, che il Papa si arrese proprio alle preghiere della Marchesa Matilde e dell'Abate di Cluny. E io vi so dire, caro
Belcredi, che allora – quando si fece la cavalcata – inten-
devo appunto avvalermi di questo per dimostrargli che il
mio animo non gli era più tanto nemico, quanto egli si
immaginava.

BELCRÉDI

Ma allora, a meraviglia, cara Marchesa! Seguite, seguite la
storia...

LANDOLFO

Ecco. Senz'altro, allora, la signora potrebbe risparmiarsi
un doppio travestimento e presentarsi con Monsignore,

indica il Dottore

sotto le vesti di Marchesa di Toscana.

DOTTORE

(*subito, con forza*). No no! Questo no, per carità! Rovine-
rebbe tutto! L'impressione del confronto dev'esser subitanea, di colpo. No, no. Marchesa, andiamo, andiamo: lei si
presenterà di nuovo come la duchessa Adelaide, madre
dell'Imperatrice. E ci licenzieremo. Questo è soprattutto
necessario: che egli sappia che ce ne siamo andati. Su, su:
non perdiamo altro tempo, ché ci resta ancora tanto da
preparare.

Via il Dottore, Donna Matilde e Landolfo per l'uscio di destra.

FRIDA

Ma io comincio ad aver di nuovo una gran paura...

DI NOLLI

Daccapo, Frida?

FRIDA

Era meglio, se lo vedevo prima...

DI NOLLI

Ma credi che non ce n'è proprio di che!

FRIDA

Non è furioso?

DI NOLLI

Ma no! È tranquillo.

BELCREDI

(con *ironica affettazione sentimentale*). Malinconico! Non
hai sentito che ti ama?

FRIDA

Grazie tante! Giusto per questo!

BELCREDI

Non ti vorrà far male..

DI NOLLI

Ma sarà poi l'affare d'un momento..

FRIDA

Già, ma là al bujo! con lui..

DI NOLLI

Per un solo momento, e io ti sarò accanto e gli altri saranno tutti dietro le porte, in agguato, pronti ad accorrere.
Appena si vedrà davanti tua madre, capisci? per te, la tua
parte sarà finita...

BELCREDI

Il mio timore, piuttosto, è un altro: che si farà un buco
nell'acqua.

DI NOLLI

Non cominciare! A me il rimedio pare efficacissimo!

201

FRIDA

Anche a me, anche a me! Già lo avverto in me... Sono tutta un fremito!

BELCREDI

Ma i pazzi, cari miei – (non lo sanno, purtroppo!) – ma hanno questa felicità di cui non teniamo conto...

DI NOLLI

di gli eccesi dei malincaria

(*interrompendo, seccato*). Ma che felicità, adesso! Fa' il piacere!

BELCREDI

(*con forza*). Non ragionano!

DI NOLLI

Ma che c'entra qua il ragionamento, scusa?

BELCREDI

Come! Non ti pare tutto un ragionamento che – secondo noi – egli dovrebbe fare, vedendo lei,

indica Frida

e vedendo sua madre? Ma lo abbiamo architettato noi tutto quanto!

DI NOLLI

No, niente affatto; che ragionamento? Gli presentiamo una doppia immagine della sua stessa finzione, come ha detto il dottore!

BELCREDI

(*con uno scatto improvviso*). Senti: io non ho mai capito perché si laureino in medicina!

DI NOLLI

(*stordito*). Chi?

BELCREDI

Gli alienisti.

DI NOLLI

Oh bella, e in che vuoi che si laureino?

FRIDA

Se fanno gli alienisti!

BELCREDI

Appunto! In legge, cara! Tutte chiacchiere! E chi più sa
chiacchierare, più è bravo! «Elasticità analogica», «la sensazione della distanza del tempo!» E intanto la prima cosa
che dicono è che non fanno miracoli – quando ci vorrebbe proprio un miracolo! Ma sanno che più ti dicono che
non sono taumaturghi, e più gli altri credono alla loro serietà – non fanno miracoli – e cascano sempre in piedi,
che è una bellezza!

BERTOLDO

(che se ne è stato a spiare dietro l'uscio a destra, guardando attraverso il buco della serratura). Eccoli! Eccoli! Accennano
a venire qua...

DI NOLLI

Ah sì?

BERTOLDO

Pare che egli li voglia accompagnare... Sì, sì, eccolo, eccolo!

DI NOLLI

Ritiriamoci allora! Ritiriamoci subito!

Voltandosi a Bertoldo prima di uscire:

Voi restate qua!

BERTOLDO

Debbo restare?

*Senza dargli risposta, Di Nolli, Frida e Belcredi scappano per
la comune, lasciando Bertoldo sospeso e smarrito. S'apre l'u-*

scio a destra e Landolfo entra per primo, subito inchinandosi, entrano poi Donna Matilde col manto e la corona ducale, come nel primo atto e il Dottore con la tonaca di Abate di Cluny; Enrico IV è fra loro, in abito regale; entrano infine Ordulfo e Arialdo.

ENRICO IV
(*seguitando il discorso che si suppone cominciato nella sala del trono*). E io vi domando, come potrei essere astuto, se poi mi credono caparbio...

DOTTORE
Ma no, che caparbio, per carità!

ENRICO IV
(*sorridendo, compiaciuto*). Sarei per voi allora veramente astuto?

DOTTORE
No, no, né caparbio, né astuto!

ENRICO IV
(*si ferma ed esclama col tono di chi vuol far notare benevolmente, ma anche ironicamente, che così non può stare*): Monsignore! Se la caparbietà non è vizio che possa accompagnarsi con l'astuzia, speravo che, negandomela, almeno un po' d'astuzia me la voleste concedere. V'assicuro che mi è molto necessaria! Ma se vói ve la volete tenere tutta per voi...

DOTTORE
Ah, come, io? Vi sembro astuto?

ENRICO IV
No, Monsignore! Che dite! Non sembrate affatto!

Troncando per rivolgersi a Donna Matilde:

Con permesso: qua sulla soglia, una parola in confidenza a Madonna la Duchessa.

*La conduce un po' in disparte e le domanda con ansia in gran
segreto:*

Vostra figlia vi è cara veramente?

DONNA MATILDE
(*smarrita*). Ma sì, certo...

ENRICO IV
E volete che la ricompensi con tutto il mio amore, con
tutta la mia devozione dei gravi torti che ho verso di lei,
benché non dobbiate credere alle dissolutezze di cui m'ac-
cusano i miei nemici?

DONNA MATILDE
No no: io non ci credo: non ci ho mai creduto...

ENRICO IV
Ebbene, allora, volete?

DONNA MATILDE
(*c. s.*). Che cosa?

ENRICO IV
Che io ritorni all'amore di vostra figlia?

*La guarda, e aggiunge subito in tono misterioso, d'ammoni-
mento e di sgomento insieme:*

Non siate amica, non siate amica della Marchesa di Toscana!

DONNA MATILDE
Eppure vi ripeto che ella non ha pregato, non ha scongiu-
rato meno di noi per ottenere la vostra grazia...

ENRICO IV
(*subito, piano, fremente*). Non me lo dite! Non me lo dite!
Ma perdio, Madonna, non vedete che effetto mi fa?

DONNA MATILDE
(*lo guarda, poi pianissimo; come confidandosi*). Voi l'amate
ancora?

ENRICO IV

(*sbigottito*). Ancora? Come dite ancora? Voi forse, sapete? Nessuno lo sa! Nessuno deve saperlo!

DONNA MATILDE

Ma forse lei sì, lo sa, se ha tanto implorato per voi!

ENRICO IV

(*la guarda un po' e poi dice*): E amate la vostra figliuola?

Breve pausa. Si volge al Dottore con un tono di riso:

Ah, Monsignore, come è vero che questa mia moglie io ho saputo d'averla soltanto dopo – tardi, tardi... E anche adesso: sì, devo averla; non c'è dubbio che l'ho – ma vi potrei giurare che non ci penso quasi mai. Sarà peccato, ma non la sento; proprio non me la sento nel cuore. È meraviglioso però, che non se la senta nel cuore neanche sua madre! Confessate, Madonna, che ben poco v'importa di lei!

Volgendosi al Dottore, con esasperazione:

Mi parla dell'altra!

Ed eccitandosi sempre più:

Con un'insistenza, con un'insistenza che non riesco proprio a spiegarmi.

LANDOLFO

(*umile*). Forse per levarvi, Maestà, un'opinione contraria che abbiate potuto concepire della Marchesa di Toscana.

E sgomento di essersi permesso questa osservazione, aggiunge subito:

Dico, beninteso, in questo momento...

ENRICO IV

Perché anche tu sostieni che mi sia stata amica?

LANDOLFO
Sì, in questo momento, sì, Maestà!

DONNA MATILDE
Ecco, sì, proprio per questo...

ENRICO IV
Ho capito. Vuol dire allora che non credete che io la ami. Ho capito. Ho capito. Non l'hai mai creduto nessuno; nessuno mai sospettato. Tanto meglio così! Basta. Basta.

Tronca, rivolgendosi al Dottore con animo e viso del tutto diversi

Monsignore, avete veduto? Le condizioni da cui il Papa ha fatto dipendere la revoca della scomunica non han nulla, ma proprio nulla da vedere con la ragione per cui mi aveva scomunicato! Dite a Papa Gregorio che ci rivedremo a Bressanone. E voi, Madonna, se avete la fortuna d'incontrare la vostra figliuola giù nel cortile del castello della vostra amica Marchesa, che volete che vi dica? fatela salire; vedremo se mi riuscirà di tenermela stretta accanto, moglie e Imperatrice. Molte fin qui si son presentate, assicurandomi, assicurandomi d'esser lei – quella che io, sapendo di averla... sì, ho pur cercato qualche volta – (non è vergogna: mia moglie!) – Ma tutte, dicendomi d'esser Berta, dicendomi d'esser di Susa – non so perché – si sono messe a ridere!

Come in confidenza

Capite? – a letto – io senza quest'abito – lei anche... sì, Dio mio, senz'abiti... un uomo e una donna... è naturale... Non si pensa più a ciò che siamo. L'abito, appeso, resta come un fantasma!

E con un altro tono, in confidenza al Dottore:

207

E io penso, Monsignore, che i fantasmi, in generale, non siano altro in fondo che piccole scombinazioni dello spirito: immagini che non si riesce a contenere nei regni del sonno: si scoprono anche nella veglia, di giorno; e fanno paura. Io ho sempre tanta paura, quando di notte me le vedo davanti – tante immagini scompigliate, che ridono, smontate da cavallo. – Ho paura talvolta anche del mio sangue che pulsa nelle arterie come, nel silenzio della notte, un tonfo cupo di passi in stanze lontane... Basta vi ho trattenuto anche troppo qui in piedi. Vi ossequio, Madonna; e vi riverisco, Monsignore.

Davanti alla soglia della comune, fin dove li ha accompagnati, li licenzia, ricevendone l'inchino. Donna Matilde e il Dottore, via. Egli richiude la porta e si volta subito, cangiato.

Buffoni! Buffoni! Buffoni! – Un pianoforte di colori! Appena la toccavo: bianca, rossa, gialla, verde... E quell'altro là: Pietro Damiani. – Ah! Ah! Perfetto! Azzeccato! – S'è spaventato di ricomparirmi davanti!

Dirà questo con gaja prorompente frenesia, movendo di qua, di là i passi, gli occhi, finché all'improvviso non vede Bertoldo, più che sbalordito, impaurito del repentino cambiamento. Gli si arresta davanti e additandolo ai tre compagni anch'essi come smarriti nello sbalordimento:

Ma guardatemi quest'imbecille qua, ora, che sta a mirarmi a bocca aperta...

Lo scrolla per le spalle.

Non capisci? Non vedi come li paro, come li concio, come me li faccio comparire davanti, buffoni spaventati! E si spaventano solo di questo, oh: che stracci loro addosso la maschera buffa e li scopra travestiti; come se non li avessi costretti io stesso a mascherarsi, per questo mio gusto qua, di fare il pazzo!

LANDOLFO ARIALDO ORDULFO

(*sconvolti, trasecolati, guardandosi tra loro*). Come! Che dice? Ma dunque?

ENRICO IV

(*si volta subito alle loro esclamazioni e grida, imperioso*): Basta! Finiamola! Mi sono seccato!

Poi subito, come se, a ripensarci, non se ne possa dar pace, e non sappia crederci:

Perdio, l'impudenza di presentarsi qua, a me, ora – col suo ganzo accanto... – E avevano l'aria di prestarsi per compassione, per non fare infuriare un poverino già fuori del mondo, fuori del tempo, fuori della vita! – Eh, altrimenti quello là, ma figuratevi se l'avrebbe subìta una simile sopraffazione! – Loro sì, tutti i giorni, ogni momento, pretendono che gli altri siano come li vogliono loro; ma non è mica una sopraffazione, questa! – Che! Che! – È il loro modo di pensare, il loro modo di vedere, di sentire: ciascuno ha il suo! Avete anche voi il vostro, eh? Certo! Ma che può essere il vostro? Quello della mandra! Misero, labile, incerto... E quelli ne approfittano, vi fanno subire e accettare il loro, per modo che voi sentiate e vediate come loro! O almeno si illudono! Perché poi, che riescono a imporre? Parole! parole che ciascuno intende e ripete a suo modo. Eh, ma si formano pure così le così dette opinioni correnti! E guai a chi un bel giorno si trovi bollato da una di queste parole che tutti ripetono! Per esempio: «pazzo!» – Per esempio, che so? – «imbecille!» – Ma dite un po', si può star quieti a pensare che c'è uno che si affanna a persuadere agli altri che voi siete come vi vede lui, a fissarvi nella stima degli altri secondo il giudizio che ha fatto di voi? – «Pazzo» «pazzo»! – Non dico ora che lo faccio per ischerzo! Prima, prima che battessi la testa cadendo da cavallo...

S'arresta d'un tratto, notando i quattro che si agitano, più che mai sgomenti e sbalorditi.

Vi guardate negli occhi?

Rifà smorfiosamente i segni del loro stupore.

Ah! Eh! Che rivelazione? – Sono o non sono? – Eh, via, sì, sono pazzo!

Si fa terribile

Ma allora, perdio, inginocchiatevi! inginocchiatevi!

Li forza a inginocchiarsi tutti a uno a uno:

Vi ordino di inginocchiarvi tutti davanti a me – così! E toccate tre volte la terra con la fronte! Giù! Tutti, davanti ai pazzi, si deve stare così!

Alla vista dei quattro inginocchiati si sente subito svaporare la feroce gajezza, e se ne sdegna.

Su, via, pecore, alzatevi! – M'avete obbedito? Potevate mettermi la camicia di forza... – Schiacciare uno col peso d'una parola? Ma è niente! Che è? Una mosca! – Tutta la vita è schiacciata così dal peso delle parole! Il peso dei morti – Eccomi qua: potete credere sul serio che Enrico IV sia ancora vivo? Eppure, ecco, parlo e comando a voi vivi. Vi voglio così! – Vi sembra una burla anche questa, che seguitano a farla i morti la vita? – Sì, qua è una burla: ma uscite di qua, nel mondo vivo. Spunta il giorno. Il tempo è davanti a voi. Un'alba. Questo giorno che ci sta davanti – voi dite – lo faremo noi! – Sì? Voi? E salutatemi tutte le tradizioni! Salutatemi tutti i costumi! Mettetevi a parlare! Ripeterete tutte le parole che si sono sempre dette! Credete di vivere? Rimasticate la vita dei morti!

Si para davanti a Bertoldo, ormai istupidito.

Non capisci proprio nulla, tu, eh? – Come ti chiami?

BERTOLDO
Io?... Eh... Bertoldo...

ENRICO IV
Ma che Bertoldo, sciocco! Qua a quattr'occhi: come ti chiami?

BERTOLDO
Ve... veramente mi... mi chiamo Fino...

ENRICO IV
(a un atto di richiamo e di ammonimento degli altri tre, appena accennato, voltandosi subito per farli tacere). Fino?

BERTOLDO
Fino Pagliuca, sissignore.

ENRICO IV
(volgendosi di nuovo agli altri). Ma se vi ho sentito chiamare tra voi, tante volte!

A Landolfo

Tu ti chiami Lolo?

LANDOLFO
Sissignore...

Poi con uno scatto di gioia:

Oh Dio... Ma allora?

ENRICO IV
(subito, brusco). Che cosa?

211

LANDOLFO

(*d'un tratto smorendo*). No... dico...

ENRICO IV

Non sono più pazzo? Ma no. Non mi vedete? – Scherziamo alle spalle di chi ci crede.

Ad Arialdo

So che tu ti chiami Franco...

A Ordulfo

E tu, aspetta...

ORDULFO

Momo!

ENRICO IV

Ecco, Momo! Che bella cosa, eh?

LANDOLFO

(*c. s.*). Ma dunque... oh Dio...

ENRICO IV

(*c. s.*). Che? Niente! Facciamoci tra noi una bella, lunga,
grande risata...

E ride. → BIG w/ crazies and melancholics

Ah, ah, ah, ah, ah, ah!

LANDOLFO ARIALDO ORDULFO

(*guardandosi tra loro, incerti, smarriti, tra la gioja e lo sgomento*). È guarito? Ma sarà vero? Com'è?

ENRICO IV

Zitti! Zitti!

A Bertoldo:

Tu non ridi? Sei ancora offeso? Ma no! Non dicevo mica a
te, sai? – Conviene a tutti, capisci? conviene a tutti far

212

credere pazzi certuni, per avere la scusa di tenerli chiusi. Sai perché? Perché non si resiste a sentirli parlare. Che dico io di quelli là che se ne sono andati? Che una è una baldracca, l'altro un sudicio libertino, l'altro un impostore... Non è vero! Nessuno può crederlo! – Ma tutti stanno ad ascoltarmi, spaventati. Ecco, vorrei sapere perché, se non è vero. – Non si può mica credere a quel che dicono i pazzi! – Eppure, si stanno ad ascoltare così, con gli occhi sbarrati dallo spavento. – Perché? – Dimmi, dimmi tu, perché? Sono calmo, vedi?

BERTOLDO

Ma perché... forse, credono che...

ENRICO IV

No, caro... no, caro... Guardami bene negli occhi... – Non dico che sia vero, stai tranquillo! – Niente è vero! – Ma guardami negli occhi!

BERTOLDO

Sì, ecco, ebbene?

ENRICO IV

Ma lo vedi? lo vedi? Tu stesso! Lo hai anche tu, ora, lo spavento negli occhi! – Perché ti sto sembrando pazzo! – Ecco la prova! Ecco la prova!

E ride.

LANDOLFO

(*a nome degli altri, facendosi coraggio, esasperato*). Ma che prova?

ENRICO IV

Codesto vostro sgomento, perché ora, di nuovo, vi sto sembrando pazzo! – Eppure, perdio, lo sapete! Mi credete; lo avete creduto fino ad ora che sono pazzo! – È vero o no?

Li guarda un po', li vede atterriti.

213

Ma lo vedete? Lo sentite che può diventare anche terrore, codesto sgomento, come per qualche cosa che vi faccia mancare il terreno sotto i piedi e vi tolga l'aria da respirare? Per forza, signori miei! Perché trovarsi davanti a un pazzo sapete che significa? trovarsi davanti a uno che vi scrolla dalle fondamenta tutto quanto avete costruito in voi, attorno a voi, la logica, la logica di tutte le vostre costruzioni! – Eh! che volete? Costruiscono senza logica, beati loro, i pazzi! O con una loro logica che vola come una piuma! Volubili! Volubili! Oggi così e domani chi sa come! – Voi vi tenete forte, ed essi non si tengono più. Volubili! Volubili! – Voi dite: «questo non può essere!» – e per loro può essere tutto. – Ma voi dite che non è vero. E perché? – Perché non par vero a te, a te, a te,

indica tre di loro,

e centomila altri. Eh, cari miei! Bisognerebbe vedere poi che cosa invece par vero a questi centomila altri che non sono detti pazzi, e che spettacolo dànno dei loro accordi, fiori di logica! Io so che a me, bambino, appariva vera la luna nel pozzo. E quante cose mi parevano vere! E credevo a tutte quelle che mi dicevano gli altri, ed ero beato! Perché guai, guai se non vi tenete più forte a ciò che vi par vero oggi, a ciò che vi parrà vero domani, anche se sia l'opposto di ciò che vi pareva vero jeri! Guai se vi affondaste come me a considerare questa cosa orribile, che fa veramente impazzire: che se siete accanto a un altro, e gli guardate gli occhi – come io guardavo un giorno certi occhi – potete figurarvi come un mendico davanti a una porta in cui non potrà mai entrare: chi vi entra, non sarete mai voi, col vostro mondo dentro, come lo vedete e lo toccate; ma uno ignoto a voi, come quell'altro nel suo mondo impenetrabile vi vede e vi tocca...

Pausa lungamente tenuta. L'ombra, nella sala, comincia ad addensarsi, accrescendo quel senso di smarrimento e di più profonda costernazione da cui quei quattro mascherati sono compresi e sempre più allontanati dal grande Mascherato, rimasto assorto a contemplare una spaventosa miseria che non è di lui solo, ma di tutti. Poi egli si riscuote, fa come per cercare i quattro che non sente più attorno a sé e dice:

S'è fatto bujo, qua.

ORDULFO

(*subito, facendosi avanti*). Vuole che vada a prendere la lampa?

ENRICO IV

(*con ironia*). La lampa, sì... Credete che non sappia che, appena volto le spalle con la mia lampa ad olio per andare a dormire, accendete la luce elettrica per voi – qua e anche là nella sala del trono? – Fingo di non vederla...

ORDULFO

Ah! – Vuole allora...?

ENRICO IV

No: m'accecherebbe. – Voglio la mia lampa.

ORDULFO

Ecco, sarà già pronta, qua dietro la porta.

Si reca alla comune; la apre; ne esce appena e subito ritorna con una lampa antica, di quelle che si reggono con un anello in cima.

ENRICO IV

(*prendendo la lampa e poi indicando la tavola sul coretto*). Ecco, un po' di luce. Sedete, lì attorno alla tavola. Ma non così! In belli e sciolti atteggiamenti...

Ad Arialdo:

215

Ecco, tu così...

lo atteggia, poi a Bertoldo:

E tu così...

lo atteggia:

Così ecco...

Va a sedere anche lui.

E io, qua...

Volgendo il capo verso una delle finestre.

Si dovrebbe poter comandare alla luna un bel raggio decorativo... Giova, a noi, giova, la luna. Io per me, ne sento il bisogno, e mi ci perdo spesso a guardarla dalla mia finestra. Chi può credere, a guardarla, che lo sappia che ottocent'anni siano passati e che io, seduto alla finestra non possa essere davvero Enrico IV che guarda la luna, come un pover'uomo qualunque? Ma guardate, guardate che magnifico quadro notturno: l'Imperatore tra i suoi fidi consiglieri... Non ci provate gusto?

LANDOLFO

(*piano ad Arialdo, come per non rompere l'incanto*). Eh, capisci? A sapere che non era vero.

ENRICO IV

Vero, che cosa?

LANDOLFO

(*titubante, come per scusarsi*). No... ecco... perché a lui

indica Bertoldo

entrato nuovo in servizio... io, appunto questa mattina, dicevo: Peccato, che così vestiti... e poi con tanti bei co-

216

stumi, là in guardaroba... e con una sala come quella...

accenna alla sala del trono.

ENRICO IV
Ebbene? Peccato, dici?

LANDOLFO
Già... che non sapevamo...

ENRICO IV
Di rappresentarla per burla, qua, questa commedia?

LANDOLFO
Perché credevamo che...

ARIALDO
(*per venirgli in aiuto*). Ecco... sì che fosse sul serio!

ENRICO IV
E com'è? Vi pare che non sia sul serio?

LANDOLFO
Eh, se dice che...

ENRICO IV
Dico che siete sciocchi! Dovevate sapervelo fare per voi
stessi, l'inganno; non per rappresentarlo davanti a me, davanti a chi viene qua in visita di tanto in tanto; ma così,
per come siete naturalmente, tutti i giorni, davanti a nessuno   *senza maschera*

a Bertoldo, prendendolo per le braccia,

per te, capisci, che in questa tua finzione ci potevi man-
giare, dormire, e grattarti anche una spalla, se ti sentivi
un prurito;

rivolgendosi anche agli altri:

sentendovi vivi, vivi veramente nella storia del mille e
cento, qua alla Corte del vostro Imperatore Enrico IV! E

pensare, da qui, da questo nostro tempo remoto, così colo-
rito e sepolcrale, pensare che a una distanza di otto secoli
in giù, in giù, gli uomini del mille e novecento si abbaruf-
fano intanto, s'arrabattano in un'ansia senza requie di sapere come si determineranno i loro casi, di vedere come si
stabiliranno i fatti che li tengono in tanta ambascia e in
tanta agitazione. Mentre voi, invece, già nella storia! con
me! Per quanto tristi i miei casi, e orrendi i fatti; aspre le
lotte, dolorose le vicende: già storia, non cangiano più,
non possono più cangiare, capite? Fissati per sempre: che
vi ci potete adagiare, ammirando come ogni effetto segua
obbediente alla sua causa, con perfetta logica, e ogni av-
venimento si svolga preciso e coerente in ogni suo particolare. Il piacere, il piacere della storia, insomma, che è
così grande!

LANDOLFO

Ah, bello! bello!

ENRICO IV

Bello, ma basta! Ora che lo sapete, non potrei farlo più io!

Prende la lampa per andare a dormire.

Né del resto voi stessi, se non ne avete inteso finora la ragione. Ne ho la nausea adesso!

Quasi tra sé, con violenta rabbia contenuta:

Perdio! debbo farla pentire d'esser venuta qua! Da suocera
oh, mi s'è mascherata... E lui da padre abate... – E mi portano con loro un medico per farmi studiare... E chi sa che
non sperino di farmi guarire... Buffoni! – Voglio avere il
gusto di schiaffeggiargliene almeno uno: quello! – È un famoso spadaccino? M'infilzerà... Ma vedremo, vedremo...

Si sente picchiare alla comune.

Chi è?

VOCE DI GIOVANNI

Deo gratias!

ARIALDO

(*contentissimo, come per uno scherzo che si potrebbe ancora fare*). Ah, è Giovanni, è Giovanni, che viene come ogni sera a fare il monacello!

ORDULFO

(*c. s., stropicciandosi le mani*). Sì, sì, facciamoglielo fare! facciamoglielo fare!

ENRICO IV

(*subito, severo*). Sciocco! Lo vedi? Perché? Per fare uno scherzo alle spalle di un povero vecchio, che lo fa per amor mio?

LANDOLFO

(*a Ordulfo*). Dev'essere come vero! Non capisci!

ENRICO IV

Appunto! Come vero! Perché solo così non è più una burla la verità!

Si reca ad aprire la porta e fa entrare Giovanni parato da umile fraticello, con un rotolo di cartapecora sotto il braccio.

Avanti, avanti, padre!

Poi assumendo un tono di tragica gravità e di cupo risentimento:

Tutti i documenti della mia vita e del mio regno a me favorevoli furono distrutti, deliberatamente, dai miei nemici: c'è solo, sfuggita alla distruzione, questa mia vita scritta da un umile monacello a me devoto, e voi vorreste riderne?

Si rivolge amorosamente a Giovanni e lo invita a sedere davanti alla tavola:

Sedete, padre, sedete qua. E la lampa accanto.

Gli posa accanto la lampa che ha ancora in mano.

Scrivete, scrivete.

GIOVANNI
(*svolge il rotolo di cartapecora, e si dispone a scrivere sotto dettatura*). Eccomi pronto, Maestà!

ENRICO IV
(*dettando*). Il decreto di pace emanato a Magonza giovò ai meschini ed ai buoni, quanto nocque ai cattivi e ai potenti.

Comincia a calare la tela.

Apportò dovizie ai primi, fame e miseria ai secondi...

Atto terzo

La sala del trono, buja. Nel bujo, la parete di fondo si discerne appena. Le tele dei due ritratti sono state asportate e al loro posto, entro le cornici rimaste a ricingere il cavo delle nicchie, si sono impostati nel preciso atteggiamento di quei ritratti, Frida parata da «Marchesa di Toscana», come s'è vista nel secondo atto, e Carlo di Nolli parato da «Enrico IV».

Al levarsi del sipario, per un attimo la scena appare vuota. Si apre l'uscio a sinistra ed entra, reggendo la lampa per l'anello in cima, Enrico IV, volto a parlare verso l'interno ai quattro giovani che si suppongono nella sala attigua, con Giovanni, come alla fine del secondo atto.

ENRICO IV
  No: restate, restate: farò da me. Buona notte.

  Richiude l'uscio e si muove, tristissimo e stanco, per attraversare la sala, diretto al secondo uscio a destra, che dà nei suoi appartamenti.

FRIDA
  (*appena vede che egli ha di poco oltrepassato l'altezza del trono, bisbiglia dalla nicchia, come una che si senta venir meno dalla paura*): Enrico...

221

ENRICO IV

(*arrestandosi alla voce, come colpito a tradimento da una ra-
sojata alla schiena, volta la faccia atterrita verso la parete di
fondo, accennando d'alzare istintivamente, quasi a riparo, le
braccia*). Chi mi chiama? (*Non è una domanda, è un'escla-
mazione che guizza in un brivido di terrore e non aspetta risposta dal bujo e dal silenzio terribile della sala che d'un tratto si
sono riempiti per lui del sospetto d'esser pazzo davvero.*)

FRIDA

(*a quell'atto di terrore, non meno atterrita di ciò che si è pre-
stata a fare, ripete un po' più forte*): Enrico... (*Ma sporgendo
un po' il capo dalla nicchia verso l'altra nicchia, pur volendo
sostenere la parte che le hanno assegnata.*)

ENRICO IV

(*ha un urlo: si lascia cader la lampa dalle mani, per cingersi
con le braccia la testa, e fa come per fuggire*).

FRIDA

(*saltando dalla nicchia sullo zoccolo e gridando come impazzi-
ta*): Enrico... Enrico... Ho paura... ho paura...

E mentre il Di Nolli balza a sua volta dallo zoccolo e di qui a
terra, e accorre a Frida che sèguita a gridare convulsa, sul punto di svenire, irrompono – dall'uscio a sinistra – tutti: il Dottore, Donna Matilde parata anche lei da «Marchesa di Toscana», Tito Belcredi, Landolfo, Arialdo, Ordulfo, Bertoldo, Giovanni. Uno di questi dà subito luce alla sala: luce strana, di
lampadine nascoste nel soffitto, per modo che sia sulla scena
soltanto viva nell'atto. Gli altri, senza curarsi d'Enrico IV che
rimane a guardare, stupito da quella irruzione inattesa, dopo il
momento di terrore per cui ancora vibra in tutta la persona,
accorrono premurosi a sorreggere e a confortare Frida che tre-
ma ancora e geme e smania tra le braccia del fidanzato. Parlano tutti confusamente.

DI NOLLI

No, no, Frida... Eccomi qua... Sono con te!

DOTTORE

(*sopravvenendo con gli altri*). Basta! Basta! Non c'è da fare più nulla...

DONNA MATILDE

È guarito, Frida! È guarito! Vedi?

DI NOLLI

(*stupito*). Guarito?

BELCREDI

Era per ridere! Stai tranquilla!

FRIDA

(*c. s.*). No! Ho paura! Ho paura!

DONNA MATILDE

Ma di che? Guardalo! Se non era vero! Non è vero!

DI NOLLI

(*c. s.*). Non è vero? Ma che dite? Guarito?

DOTTORE

Pare! Per quanto a me...

BELCREDI

Ma sì! Ce l'hanno detto loro!

indica i quattro giovani.

DONNA MATILDE

Sì, da tanto tempo! Lo ha confidato a loro!

DI NOLLI

(*ora più indignato che stupito*). Ma come? Se fino a poco fa...?

BELCREDI

Mah! Recitava per ridere alle tue spalle, e anche di noi che, in buona fede...

DI NOLLI

È possibile? Anche di sua sorella, fino alla morte?

ENRICO IV

(*che se n'è rimasto, aggruppato, a spiare or l'uno or l'altro, sotto le accuse e il dileggio per quella che tutti credono una sua beffa crudele, ormai svelata; e ha dimostrato col lampeggiare degli occhi, che medita una vendetta che ancora lo sdegno, tumultuandogli dentro, non gli fa vedere precisa; insorge a questo punto, ferito, con la chiara idea d'assumere come vera la finzione che gli avevano insidiosamente apparecchiata gridando al nipote*): E avanti! Di' avanti!

DI NOLLI

(*restando al grido, stordito*). Avanti, che?

ENRICO IV

Non sarà morta «tua» sorella soltanto!

DI NOLLI

(*c. s.*). Mia sorella! Io dico la tua, che costringesti fino all'ultimo a presentarsi qua come tua madre, Agnese!

ENRICO IV

E non era «tua» madre?

DI NOLLI

Mia madre, mia madre appunto!

ENRICO IV

Ma è morta a me «vecchio e lontano», tua madre! Tu sei calato ora, fresco, di là!

Indica la nicchia da cui egli è saltato.

E che ne sai tu, se io non l'ho pianta a lungo, a lungo, in segreto, anche vestito così?

DONNA MATILDE

(*costernata, guardando gli altri*). Ma che dice?

DOTTORE

(*impressionatissimo, osservandolo*). Piano, piano, per carità!

ENRICO IV

Che dico? Domandando a tutti, se non era Agnese la madre di Enrico IV!

Si volge a Frida, come se fosse lei veramente la Marchesa di Toscana.

Voi, Marchesa, dovreste saperlo, mi pare!

FRIDA

(*ancora impaurita, stringendosi di più al Di Nolli*). No, io no! io no!

DOTTORE

Ecco che ritorna il delirio... Piano, signori miei!

BELCREDI

(*sdegnato*). Ma che delirio, dottore! Riprende a recitare la commedia!

ENRICO IV

(*subito*). Io? Avete votato quelle due nicchie là; lui mi sta davanti da Enrico IV...

BELCREDI

Ma basta ormai con codesta burla!

ENRICO IV

Chi ha detto burla?

DOTTORE

(*a Belcredi, forte*). Non lo cimenti, per amor di Dio!

BELCREDI

(*senza dargli retta, più forte*). Ma l'hanno detto loro!

Indica di nuovo i quattro giovani.

Loro! Loro!

ENRICO IV

(*voltandosi a guardarli*). Voi? Avete detto burla?

LANDOLFO

(*timido, imbarazzato*). No... veramente, che era guarito!

BELCREDI

E dunque, basta, via!

A Donna Matilde:

Non vi pare che diventi d'una puerilità intollerabile, la vista di lui

indica il Di Nolli,

Marchesa, e la vostra, parati così?

DONNA MATILDE

Ma statevi zitto! Chi pensa più all'abito, se lui è veramente guarito?

ENRICO IV

Guarito, sì! Sono guarito!

A Belcredi:

Ah, ma non per farla finita così subito, come tu credi!

Lo investe.

Lo sai che da venti anni nessuno ha mai osato comparirmi davanti qua, come te e codesto signore?

indica il dottore.

BELCREDI

Ma sì, lo so! E difatti anch'io, questa mattina, ti comparvi davanti vestito...

ENRICO IV

Da monaco, già!

BELCREDI

E tu mi prendesti per Pietro Damiani! E non ho mica riso, credendo appunto...

ENRICO IV

Che fossi pazzo! Ti viene da ridere, vedendo lei così, ora che sono guarito? Eppure potresti pensare che, ai miei occhi, il suo aspetto, ora

s'interrompe con uno scatto di sdegno.

Ah!

E subito si rivolge al dottore:

Voi siete un medico?

DOTTORE

Io, sì...

ENRICO IV

E l'avete parata voi da Marchesa di Toscana anche lei? Sapete, dottore, che avete rischiato di rifarmi per un momento la notte nel cervello? Perdio, far parlare i ritratti, farli balzare vivi dalle cornici...

Contempla Frida e il Di Nolli, poi guarda la Marchesa ed infine si guarda l'abito addosso.

Eh, bellissima la combinazione... Due coppie... Benissimo, benissimo, dottore: per un pazzo...

Accenna appena con la mano al Belcredi.

A lui sembra ora una carnevalata fuori di tempo, eh?

Si volta a guardarlo.

Via, ormai, anche questo mio abito da mascherato! Per venirmene, con te, è vero?

227

BELCREDI

Con me! Con noi!

ENRICO IV

Dove, al circolo? In marsina e cravatta bianca? O a casa, tutti e due insieme, della Marchesa?

BELCREDI

Ma dove vuoi! Vorresti rimanere qua ancora, scusa, a perpetuare – solo – quello che fu lo scherzo disgraziato d'un giorno di carnevale? È veramente incredibile, incredibile come tu l'abbia potuto fare, liberato dalla disgrazia che t'era capitata!

ENRICO IV

Già. Ma vedi? È che, cadendo da cavallo e battendo la testa, fui pazzo per davvero, io, non so per quanto tempo...

DOTTORE

Ah, ecco, ecco! E durò a lungo?

ENRICO IV

(rapidissimo, al dottore). Sì, dottore, a lungo: circa dodici anni.

E subito, tornando a parlare al Belcredi:

E non vedere più nulla, caro, di tutto ciò che dopo quel giorno di carnevale avvenne, per voi e non per me; le cose, come si mutarono; gli amici, come mi tradirono; il posto preso da altri, per esempio... che so! ma supponi nel cuore della donna che tu amavi; e chi era morto; e chi era scomparso... tutto questo, sai? non è stata mica una burla per me, come a te pare!

BELCREDI

Ma no, io non dico questo, scusa! Io dico dopo!

ENRICO IV

Ah sì? Dopo? Un giorno...

228

Si arresta e si volge al dottore.

Caso interessantissimo, dottore! Studiatemi, studiatemi bene!

Vibra tutto, parlando:

Da sé, chi sa come, un giorno, il guasto qua...

si tocca la fronte

che so... si sanò. Riapro gli occhi a poco a poco, e non so in prima se sia sonno o veglia; ma sì, sono sveglio; tocco questa cosa e quella: torno a vedere chiaramente... Ah! – come lui dice –

accenna a Belcredi

via, via allora, quest'abito da mascherato! questo incubo! Apriamo le finestre: respiriamo la vita! Via, via, corriamo fuori!

Arrestando d'un tratto la foga:

Dove? a far che cosa? a farmi mostrare a dito da tutti, di nascosto, come Enrico IV, non più così, ma a braccetto con te, tra i cari amici della vita?

BELCREDI
Ma no! Che dici? Perché?

DONNA MATILDE
Chi potrebbe più...? Ma neanche a pensarlo! Se fu una disgrazia!

ENRICO IV
Ma se già mi chiamavano pazzo, prima, tutti!

A Belcredi

E tu lo sai! Tu che più di tutti ti accanivi contro chi tentava difendermi!

BELCREDI

Oh, via, per ischerzo!

ENRICO IV

E guardami qua i capelli!

Gli mostra i capelli sulla nuca.

BELCREDI

Ma li ho grigi anch'io!

ENRICO IV

Sì, con questa differenza: che li ho fatti grigi qua, io, da
Enrico IV, capisci? E non me n'ero mica accorto! Me
n'accorsi in un giorno solo, tutt'a un tratto, riaprendo gli
occhi, e fu uno spavento, perché capii subito che non solo
i capelli, ma doveva esser diventato grigio tutto così, e
tutto crollato, tutto finito: e che sarei arrivato con una fame da lupo a un banchetto già bell'e sparecchiato.

BELCREDI

Eh, ma gli altri, scusa...

ENRICO IV

(*subito*). Lo so, non potevano stare ad aspettare ch'io gua-
rissi, nemmeno quelli che, dietro a me, punsero a sangue
il mio cavallo bardato...

DI NOLLI

(*impressionato*). Come, come?

ENRICO IV

Sì, a tradimento, per farlo springare e farmi cadere!

DONNA MATILDE

(*subito, con orrore*). Ma questo lo so adesso, io!

ENRICO IV

Sarà stato anche questo per uno scherzo!

DONNA MATILDE

Ma chi fu? Chi stava dietro alla nostra coppia?

Non importa saperlo! Tutti quelli che seguitarono a banchettare e che ormai mi avrebbero fatto trovare i loro avanzi, Marchesa, di magra o molle pietà, o nel piatto insudiciato qualche lisca di rimorso, attaccata. Grazie!

Voltandosi di scatto al dottore:

E allora, dottore, vedete se il caso non è veramente nuovo negli annali della pazzia! – preferii restar pazzo – trovando qua tutto pronto e disposto per questa delizia di nuovo genere: viverla – con la più lucida coscienza – la mia pazzia e vendicarmi così della brutalità d'un sasso che m'aveva ammaccato la testa! La solitudine – questa – così squallida e vuota come m'apparve riaprendo gli occhi – rivestirmela subito, meglio, di tutti i colori e gli splendori di quel lontano giorno di carnevale, quando voi

guarda Donna Matilde e le indica Frida

eccovi là, Marchesa, trionfaste! – e obbligar tutti quelli che si presentavano a me, a seguitarla, perdio, per il mio spasso, ora, quell'antica famosa mascherata che era stata – per voi e non per me – la burla di un giorno! Fare che diventasse per sempre – non più una burla, no; ma una realtà, la realtà di una vera pazzia: qua, tutti mascherati, e la sala del trono, e questi quattro miei consiglieri: segreti, e – s'intende – traditori!

Si volta subito verso di loro.

Vorrei sapere che ci avete guadagnato, svelando che ero guarito! – Se sono guarito, non c'è più bisogno di voi, e sarete licenziati! – Confidarsi con qualcuno, questo sì, è veramente da pazzo! – Ah, ma vi accuso io, ora, a mia volta! – Sapete? – Credevano di potersi mettere a farla

social isolation ???

231

anche loro adesso la burla, con me, alle vostre spalle.

Scoppia a ridere. Ridono ma sconcertati, anche gli altri, meno Donna Matilde.

BELCREDI

(*al Di Nolli*). Ah, senti... non c'è male...

DI NOLLI

(*ai quattro giovani*). Voi?

ENRICO IV

Bisogna perdonarli! Questo,

si scuote l'abito addosso

questo che è per me la caricatura, evidente e volontaria, di quest'altra mascherata, continua, d'ogni minuto, di cui siamo i pagliacci involontarii

indica Belcredi

quando senza saperlo ci mascheriamo di ciò che ci par d'essere – l'abito, il loro abito, perdonateli, ancora non lo vedono come la loro stessa persona.

Voltandosi di nuovo a Belcredi:

Sai? Ci si assuefà facilmente. E si passeggia come niente, così, da tragico personaggio –

eseguisce

– in una sala come questa! – Guardate, dottore! – Ricordo un prete – certamente irlandese – bello – che dormiva al sole, un giorno di novembre, appoggiato col braccio alla spalliera del sedile, in un pubblico giardino: annegato nella dorata delizia di quel tepore, che per lui doveva essere quasi estivo. Si può star sicuri che in quel momento non sapeva più d'esser prete, né dove fosse. Sognava! E chi sa che sognava! – Passò un monello, che aveva strappato con tutto il gambo un fiore. Passando, lo vellicò, qua al collo. – Gli vidi aprir gli occhi ridenti; e tutta la bocca ridergli del riso beato del suo sogno; immemore: ma subito vi so dire che si ricompose rigido nel suo abito da prete e che gli ritornò negli occhi la stessa serietà che voi avete già veduta nei miei; perché i preti irlandesi difendono la serietà della loro fede cattolica con lo stesso zelo con cui io i diritti sacrosanti della monarchia ereditaria. – Sono guarito, signori: perché so perfettamente di fare il pazzo, qua; e lo faccio, quieto! – Il guajo è per voi che la vivete agitatamente, senza saperla e senza vederla la vostra pazzia.

BELCREDI

Siamo arrivati, guarda! alla conclusione, che i pazzi adesso siamo noi!

ENRICO IV

(*con uno scatto che pur si sforza di contenere*). Ma se non foste pazzi, tu e lei insieme,

indica la Marchesa

sareste venuti da me?

BELCREDI

Io, veramente, sono venuto credendo che il pazzo fossi tu.

ENRICO IV

(*subito forte, indicando la Marchesa*). E lei?

BELCREDI

Ah lei, non so... Vedo che è come incantata da quello che tu dici... affascinata da codesta tua «cosciente» pazzia!

Si volge a lei:

Parata come già siete, dico, potreste anche restare qua a viverla, Marchesa...

DONNA MATILDE

Voi siete un insolente!

ENRICO IV

(*subito, placandola*). Non ve ne curate! Non ve ne curate! Seguita a cimentare. Eppure il dottore glie l'ha avvertito, di non cimentare.

Voltandosi a Belcredi:

Ma che vuoi che m'agiti più ciò che avvenne tra noi; la parte che avesti nelle mie disgrazie con lei

indica la Marchesa e si rivolge ora a lei indicandole il Belcredi

la parte che lui adesso ha per voi! – La mia vita è questa! Non è la vostra! – La vostra, in cui siete invecchiati, io non l'ho vissuta! –

A Donna Matilde:

Mi volevate dir questo, dimostrar questo, con vostro sacrificio, parata così per consiglio del dottore? Oh, fatto benissimo, ve l'ho detto, dottore: – «Quelli che eravamo allora, eh? e come siamo adesso?» – Ma io non sono un pazzo a modo vostro, dottore! Io so bene che quello

indica il Di Nolli

non può esser me, perché Enrico IV sono io: io, qua, da venti anni, capite? Fisso in questa eternità di maschera! Li ha vissuti lei,

indica la Marchesa

se li è goduti lei, questi venti anni, per diventare – eccola

234

là – come io non posso riconoscerla più perché io la conosco così

indica Frida e le si accosta

– per me, è questa sempre... Mi sembrate tanti bambini, che io possa spaventare.

A Frida:

E ti sei spaventata davvero tu, bambina, dello scherzo che ti avevano persuaso a fare, senza intendere che per me non poteva essere lo scherzo che loro credevano; ma questo terribile prodigio: il sogno che si fa vivo in te, più che mai! Eri lì un'immagine; ti hanno fatta persona viva – sei mia! sei mia! mia! di diritto mia!

La cinge con le braccia, ridendo come un pazzo, mentre tutti gridano atterriti; ma come accorrono per strappargli Frida dalle braccia, si fa terribile, e grida ai suoi quattro giovani:

Tratteneteli! Tratteneteli! Vi ordino di trattenerli!

I quattro giovani, nello stordimento, quasi affascinati, si provano a trattenere automaticamente il Di Nolli, il Dottore, il Belcredi.

BELCREDI
(*si libera subito e si avventa su Enrico IV*). Lasciala! Lasciala! Tu non sei pazzo!

ENRICO IV
(*fulmineamente, cavando la spada dal fianco di Landolfo che gli sta presso*). Non sono pazzo? Eccoti!

E lo ferisce al ventre.

È un urlo d'orrore. Tutti accorrono a sorreggere il Belcredi esclamando in tumulto.

DI NOLLI
  T'ha ferito?

BERTOLDO
  L'ha ferito! L'ha ferito!

DOTTORE
  Lo dicevo io!

FRIDA
  Oh Dio!

DI NOLLI
  Frida, qua!

DONNA MATILDE
  È pazzo! È pazzo

DI NOLLI
  Tenetelo!

BELCREDI
  (*mentre lo trasportano di là, per l'uscio a sinistra, protesta fero-cemente*): No! Non sei pazzo! Non è pazzo! Non è pazzo!

  Escono per l'uscio a sinistra, gridando, e seguitano di là a gridare finché sugli altri gridi se ne sente uno più acuto di Donna Matilde, a cui segue un silenzio.

ENRICO IV
  (*rimasto sulla scena tra Landolfo, Arialdo e Ordulfo, con gli occhi sbarrati, esterrefatto dalla vita della sua stessa finzione che in un momento lo ha forzato al delitto*). Ora sì... per forza...

  li chiama attorno a sé, come a ripararsi,

  qua insieme, qua insieme... e per sempre!

Indice

«Sei personaggi in cerca d'autore - Enrico IV»
di Luigi Pirandello
Oscar classici moderni
Arnoldo Mondadori Editore

Questo volume è stato stampato
presso Mondadori Printing S.p.A.
Stabilimento NSM - Cles (TN)
Stampato in Italia - Printed in Italy